中国古典诗词精品赏读

王昌龄

许芳铭 编著

五洲传播出版社

图书在版编目（CIP）数据

中国古典诗词精品赏读丛书. 王昌龄 / 许芳铭著. -- 北京 : 五洲传播出版社，2023.1

ISBN 978-7-5085-5007-7

Ⅰ. ①中… Ⅱ. ①许… Ⅲ. ①王昌龄（698-约765）－唐诗－文学欣赏 Ⅳ. ①I207.2

中国国家版本馆CIP数据核字(2023)第002275号

编　　著：许芳铭
图片编审：迟乃义
责任编辑：王　峰
装帧设计：田　林

中国古典诗词精品赏读丛书

王昌龄

出版发行：五洲传播出版社
地　　址：北京市海淀区北三环中路 31 号生产力大楼 B 座 6 层
邮　　编：100088
发行电话：010-82005927　010-82007837
网　　址：http://www.cicc.org.cn　http://www.thatsbooks.com
制　　作：北京原色印象文化艺术中心
印　　刷：北京市房山腾龙印刷厂
版　　次：2023 年 1 月第 1 版第 1 次印刷
开　　本：720 × 965 mm　1/16
印　　张：8.25
字　　数：49 千字
定　　价：56.00 元

编 者 的 话

中国在历史上是一个“诗歌的国度”，古典诗词是中国传统文化的奇葩。早在三千年前，我们的祖先就创作出了以“诗三百”为代表的优秀诗篇。此后每个历史年代，诗歌创作都结出丰硕的成果，其中不少名篇名句脍炙人口，传诵至今。“中国古典诗词精品赏读”书系选取了历史上最具代表性的诗人、词人的优秀作品，并加以详尽通俗的译注、评解，试图将古代中国人创造的最可珍贵的文化瑰宝介绍给当代海内外读者。

以“国风”为代表的《诗经》和以《离骚》为代表的楚辞，无论是在思想内容上还是在艺术手法上，都对中国后世诗坛产生了深远影响。中国诗歌至唐代而达到高峰，呈现出后人所称誉的“盛唐气象”和“少年精神”。而从李白、杜甫等诗人身上，从他们留下的诗歌中，不难看出“风”“骚”以来优秀传统的回响。他们都有强烈的现实关怀，关注国家、社会、民众等问题；而这种主题，往往是诗人通过自己的人生境遇和心灵历程去感悟，通过描绘自然界山川万物、人间世事民情来体现的。在唐诗的辉煌之后发展起来的宋代诗歌，成就也相当高，但最能表现宋代文学特殊成就的是词。宋代优秀的词家把这种长短句诗体运用到出神入化的地步，那或慷慨激昂、或委婉凄清的词作，今天读来仍有强烈的艺术感染力。可以说，唐诗宋词是中国文学史上最有神采的篇章。

中国古代诗歌注重抒情、写景，善于表现友情、亲情、爱情、乡情，以及其他复杂细微的个人情感。这形成中国诗歌又一个强大的传统。在儒家思想影响下，中国诗歌几乎从一开始就具有“发乎情，止乎礼义”的特点，情感的表达比较内敛含蓄，有别于西方的诗歌风格。与此同时，中国诗人们又强调“含不尽之意见于言外”，善于通过各种艺术手法传达言外之意，给读者以无穷的回味、想像空间。古代诗词中的优秀之作往往写得深情宛转，富于形象性和音乐性，诵读这些诗词，可以受到多层次的艺术感染和美的熏陶。古典诗词还善于表现自然之美及人与自然的融合。古人常说“诗中有画，画中有诗”，本书系中的每首作品，都配以当代画家根据诗词意境绘制的中国画，通过欣赏这些诗、画，可以更深刻地领悟到中国古代艺术作品中的诗情画意，品味其艺术之美。

除了“诗情画意”的特色外，本书系以各位诗人、词人单独成册，以更清楚地展示其不同的个性和艺术风格；各分册包括诗人、词人简介与作品赏析两部分。对每篇作品的赏析，又分为题解、句解、评解三个章节：题解交代创作背景；句解用现代语文对诗词进行逐句意译，对某些难懂的字词作注释；评解部分则提要钩玄，对作品特色进行点评。我们的本意，首先是帮助读者减少阅读中的文字障碍，继而是理解诗词的思想内容、艺术特色和写作技巧。

中国古代经典诗词把汉语升华到至美至纯的境界，足以使每个中国人感到自豪。这些作品是联接所有炎黄子孙思想、情感的文化纽带，无论身在国内，还是身在海外，优秀的诗歌对读者的感召力都是相通的。一个喜爱祖国传统文化的人，可能会不断地接触和学习祖先的这些遗产。久而久之，这些优秀文化中的一部分会积淀下来，构成每个人头脑中一道美丽的艺术长廊，不断给人以教益、激励和艺术享受。我们期望，本书系所介绍的诗词名篇能够成为这道艺术长廊的组成部分。

本书系介绍的诗人、词人，如唐代的李白、杜甫、王维、白居易、李商隐，宋代的苏轼、秦观、李清照、辛弃疾、陆游，还有东晋的陶渊明、五代的李煜、元代的萨都剌，等等，都是中国诗歌史上耀眼的星座。他们都各有很多传世名篇，限于篇幅，书中每人只选取了二三十首代表作品。由于我们水平有限，书中会有种种不尽如人意之处，敬请读者朋友提出宝贵意见。

目录

王昌龄简介

王昌龄，字少伯，唐代京兆万年（今属陕西西安）人，约生于武则天圣历元年（698），约卒于唐玄宗天宝十五载（756），世称王江宁、王龙标等。

王昌龄出身于琅玡王氏。王氏本是南朝世族，但到王昌龄时，家世式微已久，父、祖几代都没有做官，家境较为贫寒。王昌龄曾自称“久于贫贱，是以多知危苦之事”（《上吏部李侍郎书》）。他早年在故乡躬耕读书，约在唐玄宗开元十一年（723）前后，短期盘桓于潞州和并州。之后几年内又漫游了西北边塞，曾经到过泾州、萧关、临洮、玉门关一带，足迹很可能还远涉葱岭以西的碎叶（今吉尔吉斯斯坦境内）。此后他就步入了仕途，担任的都是校书郎及丞尉一类的卑官，不可能再行如此之远。他的大部分边塞诗作，大约都作于此时。

开元十五年（727），王昌龄进士及第，然后任秘书省校书郎一职。其时，他与孟浩然已有交情，来往密切。后来，王昌龄因为对张九龄被罢相表示同情，得罪了李林甫等当朝权贵，遭贬岭南。途经襄阳时，孟浩然有诗《送王昌龄之岭南》：“洞庭去远近，枫叶早惊秋。岘首羊公爱，长沙贾谊愁。土风无缟紵，乡味有查头。已抱沉痾疾，更贻魑魅忧。数年同笔砚，兹夕异衾裯。意气今何在，相思望斗牛。”

开元二十八年（740）秋，王昌龄获朝廷大赦北返，途中游襄阳，访孟浩然。孟浩然此时正患疽病，后背生疮，病情渐好。两人见面后非常高兴，把酒叙别情。谁知孟浩然喝酒过多而导致病发，竟因此而死。在这期间，王昌龄还经过湖南岳阳，又结识了李白。他送李白诗《巴陵送李十二》：“摇曳巴陵洲渚分，清江传语便风闻。山长不见秋城色，日暮蒹葭空水云。”所谓物以类聚，人以群分。欲知一个人的为人，则看他所交的朋友即可知。王昌龄既然和李白、孟浩然结为好友，他本人显然也是潇洒豪放、不拘于凡俗之人。王昌龄生前诗名早著，与当时名诗人交游颇多，交谊很深。除与李白、孟浩然的交往外，他还同高适、王之涣、王维、常建、李颀、岑参、储光羲等都有交谊。

同年冬天，王昌龄再次离京赴江宁（今属江苏南京）丞任，他被称为“诗家夫子王江宁”，即由此官位而来。此时他已与晚辈诗人岑参相识，离长安时，有《留别岑参兄弟》云：“江城建业楼，山尽沧海头。副职守兹县，东南棹孤舟。”岑参也写有《送王大昌龄赴江宁》，诗中为王昌龄的前路担忧：“泽国从一官，沧波几千里。”王昌龄途经洛阳时，又与綦毋潜、李颀等诗人交游，李颀有《送王昌龄》诗，结尾几句说：“夜来莲花界，梦里金陵城。叹息此离别，悠悠江海行。”

从《留别岑参兄弟》等诗中可以看出，王昌龄对江宁丞这一职务并不满意。他在《送韦十二兵曹》诗中也说：“县职如长缨，终日检我身。平明趋郡府，不得展故人。”大概由于王昌龄内心存有这种不满意的情绪，并不时发泄，所以才会出现“奈何晚节不矜细行，谤议沸腾，再历遐荒”（《河岳英灵集》卷中）的结果。

关于王昌龄的诗名，历史上有这样一个有趣的传说。开元年间，王昌龄与王之涣、高适非常要好。有一天天寒微雪，三个人一起去旗亭小饮。正好有一些梨园艺人和四位著名歌伎也来此会宴。王昌龄提议说，我们三人各擅诗名，可究竟谁更胜一筹呢？今天可看她们所唱谁的诗多，谁便为优。第一个歌伎唱的是王昌龄的“一片冰心在玉壶”（《芙蓉楼送辛渐》），王昌龄在壁上为自己画了一道。第二个唱的是高适的“开箧泪沾臆”（《哭单父望九少府》），高适也为自己画了一道。下一个歌伎唱“奉帚平明金殿开”（《长信秋词》），王昌龄又添得一道。王之涣说：“这三位都只是普通歌伎，唱的是下里巴人。应看最后那位最佳的歌伎唱的是谁的诗。如果她唱的不是我的诗，那我终身不与你们二位争衡了。”那名最出色的歌伎唱的果然为王之涣的“黄沙远上白云间”（《凉州词》），三人开心而笑。这就是有名的“旗亭画壁”故事。元代人还曾经将此传说编成杂剧上演。据明代胡应麟考证，“旗亭画壁”的故事不尽可信，主要的依据是开元年间这三位诗人没有聚首长安的机会。虽然如此，这条记载却也反映了三人当时的诗名及诗作的流传程度。王昌龄的诗在当时就颇受欢迎。

天宝七载（748），王昌龄由江宁丞再次被贬为龙标（今湖南黔阳）县尉。李白有《闻王昌龄左迁龙标遥有此寄》一诗，寄予深切的同情与怀念：“杨花落尽子规啼，闻道龙标过五溪。我寄愁心与明月，随风直到夜郎西。”后逢安史乱起，王昌龄由龙标赴江宁，然后北上濠州（今安徽凤阳），在那里不知因何触忤了濠州刺史闾丘晓，被其杀害。诗人的一生就这样悲剧性地结束了。

作为一代诗杰，关于王昌龄的资料却留存很少。除了上文所说贬龙标外，他还不止一次遭过贬，至少还曾被贬到岭南，可惜具体时间和原因都不太清楚。《唐才子传》说他“晚途不矜小节，谤议沸腾，两窜遐荒”，《河岳英灵集》说他“再历遐荒”，《旧唐书》本传也说他“不护细行，屡见贬斥”，也都语焉不详。这位伟大的边塞诗人屡次遭贬斥，仕途极不顺利，更为可悲可叹的是，后来他连龙标尉这样一个小小的职务也没能保住，离任而去，竟为闾丘晓所杀。根据《旧唐书》、《唐才子传》等记载，王昌龄被害后，奉命讨伐安史叛军的唐朝重臣张镐救宋州之围，命令闾丘晓发兵支援。闾丘晓不听从命令，逗留不进。张镐得知宋州已陷，怒命手下将他杖击而死。临死前，闾丘晓以家有老母为由哀求，张镐道：“王昌龄也有母亲，谁来养活她？”闾丘晓便不作声了。

综观王昌龄的仕途，颇多坎坷波折。所谓“诗不穷人，然必穷而后工”，正是由于他数次被贬，曾遭贬到岭南及五溪蛮夷聚居之地，在荒僻的岭南和湘西生活过，又长期辗转于长江中下游黔、楚、吴、越地区，对那里的山水、树木、花草及民情风俗比较熟悉，所以在他的诗作中到处可见对楚风、越俗的生动描写。

据《旧唐书》本传和《新唐书·艺文志》记载，王昌龄有集五卷，然而这个集子早已失传。《全唐诗》收王昌龄诗四卷，共一百八十余首，《全唐文》收其文六篇。现在所能看到的王昌龄诗文，就是这些。

王昌龄虽然终生沉沦下僚，又屡遭贬黜，也受到过佛道思想的影响，但乐观进取、积极入世的儒家思想，在他的思想中仍然占据主导地位。他一生系心国事，渴望为国效力，“迩之事父，远之事君”、“达则兼济天下”

是他恪遵不渝的信条，建功立业是他的人生理想，虽然屡受挫折，而壮志不衰。这种心情在他的诗中屡有抒发，如“忠贞抱生死”（《留别武陵袁丞》）、“忠贞何由伸”（《送韦十二兵曹》）、“行当务功业”（《别刘谞》）、“何当边草白，旌节陇城阴”（《江上闻笛》）等等。他还常常通过讴歌李广、王猛等历史人物，以及“气高轻赴难，谁顾燕山铭”（《少年行》之一）的英武少年、“黄沙百战穿金甲”（《从军行》之四）的戍边健儿，来表达自己的理想和抱负。

王昌龄生前诗名早著，尤其是他的七绝，在唐代诗坛上享有很高的声誉。他的绝句，即便放在整个中国古代诗歌史中来看，都是异常出色的。他通过自己杰出的创造力和成功的实践，大大开拓了绝句的领域，使这一体制短小的形式得到了充分发展，对后世产生了深远的影响。在其现存一百八十多首诗中，绝句就有八十多首，成就也最高，因而后世称他为“七绝圣手”。他的七绝，常常与李白的七绝相提并论。

描写边塞征戍生活，表现妇女的命运和心灵，是王昌龄的诗歌比较集中的两个主题。

他的边塞诗多采用乐府古题和易于入乐的七绝形式。不同于一般边塞诗歌仅仅停留在对边地景色的刻画，王昌龄诗中注重揭示征戍者的内心世界。他的边塞诗落笔高远，意象开阔，含蓄深沉，耐人寻味，其中最负盛名的是《从军行》和《出塞》两组七绝。

《从军行》中“青海长云暗雪山”一首，以战争的频繁、艰苦和漫长，反衬戍边健儿坚于金石的报国壮志。“大漠风尘日色昏”一首，则对秦汉以来边塞战争持续不断、无数兵士不得生还的历史进行深沉的思考。“烽火城西百尺楼”、“琵琶起舞换新声”两首，则抒写了战士久戍不归难免要产生的离恨乡愁。王昌龄的边塞诗从各个方面对唐代的边疆戍守生活进行刻画，与王之涣的《凉州词》相比，他的作品更加积极向上，更能体现出盛唐时那种雄浑有力的脉搏。而一首“秦时明月汉时关”的《出塞》，更是写得雄浑苍凉，千百年来不知鼓舞了多少爱国将士，激励过多少英雄豪杰。明代李攀龙认为，这首诗堪称唐人七绝压卷之作。

王昌龄的有些诗篇，还揭露了边地战争牺牲的惨重，诉说将士受到的不公平待遇，为他们呼吁和抗争。如《代扶风主人答》一诗，通过一位十五岁从军。暮年归来孤苦无依的战士的讲述，反映了府兵制对人民生活的破坏和戍卒的苦难。另一首长诗《箜篌引》，则真实地揭露了边将压迫境内少数民族的罪恶行径，表达了诗人永休干戈的美好理想。王昌龄这些歌行体作品同他的七绝一样，善于攫取最有典型意义的事件，运用极其精炼、概括的诗歌语言，铿锵悦耳的音律，深刻细致的笔法，描写人物的思想感情和内心世界，呈现出雄伟的气魄和生动的形象。在他的边塞诗中，王昌龄一方面满怀强烈的主观感情，将边塞生活理想化，用激昂的格调歌唱唐军声威；另一方面，又极写边塞生活中的艰难困苦，表现对下层兵士的关切，旗帜鲜明地揭露战争的灾难后果。

他表现妇女命运和心灵的诗，比如宫闱离别诗，又是另一种格调，字字白描，句句绮丽，情意悠长而深远，富于涵蕴，表现出高度的概括能力。王昌龄写过不少宫词，这些诗里的景物常有一种富丽堂皇的气象，所表现的感情则柔婉含蓄，非常切合宫词这种体裁。比起后来写有百首宫词的王建，毫不逊色。《春宫曲》、《西宫春怨》和《长信秋词》等宫怨诗，主要描写紧锁在帝王后宫、被剥夺了自由和幸福的女性们的可悲生活，"秋殿"、"珠帘"、"熏笼玉枕"等词句使人想到崇丽的殿宇，精致的服饰；但华堂玉阙，锦衣美食，只是遮掩她们囚徒般生活与玩物身份的一层外衣。诗人虽然由于种种局限，不可能将抨击的矛头指向封建帝王，但对于这些女性，他寄寓了深切的同情。

同上述宫词相比，《采莲曲》、《浣纱女》、《越女》等诗篇描写的则是民间女性的形象。诗人生动地再现了这些少女少妇操舟湖上、采莲溪间的欢快情景，那嬉戏弄水的憨态，清脆悠扬的欢声笑语，活脱脱地刻画出她们健美活泼的风姿、纯真爽朗的性格。这些诗篇如同盛唐江南水乡绝妙的人情风俗画。王昌龄善于捕捉典型的情景，善于概括和想像，语言圆润蕴藉，毫无藻饰，给人以清新优美的感受。他历经磨难，又到过许多少数民族地区，对各地各民族人民的生活深有体验。他的创作题材广泛涉及各地、各民族人民的广阔生活，并吸收民间文学的丰富营养。

二十世纪初，施章在《王昌龄的诗》一文中认为，王昌龄"虽然算不得意志极强的人"，"但他能将他当时所不满意的事实，详详细细地描写出来，使我们读者知道这些人间的痛苦，而起来积极地改革"。他把王昌龄表现人生痛苦的诗分为"表现战争"和"表现宫廷生活"两种。闻一多也曾对王昌龄诗歌进行过深入分析，他将王昌龄视为盛唐诗坛"个性最为显著"的两个作家之一（另一个是王昌龄的好友孟浩然）。他认为，“从文学技巧说，王昌龄和孟浩然可以对举”，但“浩然走的是清淡之路，昌龄走的是浓密之路”，而王昌龄在孟浩然之后提倡浓密，正符合盛唐诗风“由齐梁陈逐步回升到魏晋宋的古风时代”的发展趋势。在将王昌龄和谢灵运进行比较后，闻一多认为，“大谢炼字功夫极深，但尚不能堆成七宝楼台，完成这一任务的只有王昌龄了”，而且“昌龄在文字锻炼功夫上别有天地，比大谢成就更大”。在具体的艺术分析中，闻一多又指出，王昌龄诗给人的印象是“点”的写法，而且“使人读起来产生颤动的感觉”，这“可说是王昌龄的独创风格，功绩不可磨灭”。

应该着重指出的是，王昌龄在七绝这一诗体的发展上做出了特殊贡献。七绝虽起源甚早，初唐时也不乏佳作，但直到开元初年仍未臻成熟，未进入繁荣阶段。王昌龄对七绝创作作了卓有成效的探索和尝试，不仅在题材上有较大的开拓，而且通过他的努力开拓，七绝在概括生活容量、丰富表现能力、创造深厚内涵、描绘感人情境等方面，都有了长足发展。王昌龄的七绝，长于运用比兴、烘托、婉曲、含蓄等传统手法，善于将丰富的意蕴熔铸在短小的形式中，语言圆润，音调嘹亮，富于民歌气息，唐宋以后一直作为七绝的优秀范本而为后世作者所推崇，对诗坛产生深远的影响。他的七绝往往选取最精炼而又富有启发性的语言，含蓄而有余韵，给读者留下广阔的想像空间。正是由于他和李白等人成功的艺术实践，唐诗中七绝的数量才显著增加，蔚为大观。前人对他的这些突破和创新给予了高度赞赏，在谈到七绝时，往往将他和李白相提并论。清人宋荦在《漫堂说诗》中说：“三唐七绝，并堪不朽，太白、龙标，绝伦逸群。”清人王士禛在《艺苑卮言》中也说：“七言绝句，王少伯与太白争胜毫厘，俱是神品。”

塞下曲（其一）

蝉鸣空桑林，八月萧关道。
出塞入塞寒，处处黄芦草。
从来幽并客，皆共尘沙老。
莫学游侠儿，矜夸紫骝好。

题解

《塞下曲》由汉乐府《横吹曲辞》中的《出塞》、《入塞》衍变而来，内容多写边塞战事。王昌龄所作《塞下曲》共四首，这是其中第一首。诗由将士征戍边塞不回而引发感慨，告诫少年莫夸耀武力，表达出对以武力为荣的风气的某种含蓄批判态度。

塞下曲（其一）诗意图　徐震时 绘

【句解】

蝉鸣空桑林，八月萧关道

“空桑林”说的是秋天到来，树叶凋落，桑林变得稀疏、空落；《文苑英华》作“空桑麻”。“萧关”，汉代时为关中至塞北的交通要塞，故址在今宁夏固原东南。八月秋高，蝉在已经凋零空落的桑林中不停地鸣叫，萧关的大道上空空落落，一片荒凉。王昌龄绝句善于写景，又往往以情入景，深得情景交融之妙。此处开篇不仅写明时间、地点，而且通过“蝉”、“空桑林”、“萧关道”几个场景，构建出一种秋天特有的空旷感。“蝉鸣”则引进了动感，有此一鸣，再联想到整个画面，人们不难感受到秋寒阵阵。

出塞入塞寒，处处黄芦草

“入塞寒”，《文苑英华》作“入塞云”，唐代芮挺章编《国秀集》作“复入塞”。诗人二十七岁以及其后数年间，曾漫游西北边塞，这段塞外边庭的经历，正是“出塞复入塞”。出塞后再入塞，天气已变得寒冷，关内关外都是变黄的芦草。这一句承接上句，用“黄芦草”这一秋天的常见场景，为画面抹上了苍凉浓重的一笔。“黄”是秋天的典型色彩，枯黄的“芦草”在气氛渲染上起到了画龙点睛的作用。

从来幽并客，皆共尘沙老

“幽并”，幽州和并州，幽州相当于今北京市及所辖通州、房山等处，并州在今山西太原一带。“幽并”在这里概指古代燕赵之地，并非专指唐时辖境。古时幽并两州多出豪勇壮士，如《隋书·地理志》云：“自古言勇侠者，皆推幽并。”此处的“幽并客”即泛指英雄豪杰。“共尘沙”，据《全唐诗》注，也作“向沙场”。自古乱世出英雄，在战火纷乱的年代，河北、山西的英雄豪杰纷纷涌现，他们都伴随着战场的黄沙尘土，一直征战到老。相比于“黄沙百战穿金甲，不破楼兰终不还”（《从军行》其四）的豪气来说，这一句的感情色彩更偏于悲壮。在前两句写景之后转而说事，为全诗增添了大气沉重之感。

莫学游侠儿，矜夸紫骝好

“学”，《国秀集》作“作”；“儿”，《文苑英华》作“人”。“矜”，自鸣不凡；“紫骝”，骏马名。“矜夸”骏马的“游侠”，根据《史记·游侠列传》里的描述，就是私下结交一些朋友，恃强武勇，轻视生命，“以立强于世”的人。本句意在劝告世上的少年，不要学那些恃武勇、逞意气的所谓“游侠”，自命不凡地夸奖自己的骏马有多么好。真正的英勇将士应该是在艰苦的环境中戍边卫国，与之相比，那种只知道耀武扬威地游荡，甚至惹事生非扰民的“游侠”，实在令人不齿。

评解

作为一个曾经游历边塞的诗人，作者感受过边疆戍守生活的艰苦，也深切体会到久征不归将士的心情。他的诗关注将士的内心活动，站在他们的角度发出心声，准确的心理把握和细致的细节描写，更能抓住读者，全面展现和表达战争这个特定环境下的真实生活。在这首诗里，作者先写无限萧杀悲凉的边塞秋景，继而笔锋一转，写出对戍边征人的深切同情及赞许。最后以对比作结，通过对自恃勇武，炫耀宝马、驰骋扰民的所谓“游侠”的讽刺，来反衬为国征战沙场的战士形象。诗歌基本都是展示边塞景物，结尾处对世上少年诚恳劝导，清代张文荪《唐贤清雅集》认为：“情景黯然，妙说不尽，低手必再做结句。”

塞下曲（其二）

饮马渡秋水，水寒风似刀。
平沙日未没，黯黯见临洮。
昔日长城战，咸言意气高。
黄尘足今古，白骨乱蓬蒿。

题解

这首诗是诗人早年漫游陇右，根据自己的真实观感而作。据诗中所述，当是追忆开元二年（714）唐将薛讷等大破吐蕃一事。《国秀集》中本诗题作《望临洮》。诗以长城为背景，生动描绘了唐代西北边庭的环境之恶，征战之苦。诗中白骨成丘的惨烈描写让人读来触目惊心，表达了作者的反战思想。全诗格调苍凉悲壮。

塞下曲（其二）诗意图　许甫金 绘

【句 解】

饮马渡秋水，水寒风似刀

本诗的前四句从细节入手，描写戍边士兵们的边塞生活。首句把时间选在深秋的黄昏，从征战士兵顶着似刀的寒风在河边饮马写起。诗中的“水”指洮河，在今甘肃临洮附近，临洮城的得名就是因为毗邻洮水。“饮马”必须牵马入水，所以才能切身感觉到“水寒”。这种细节描写看似不经意，实则别具匠心。这个时节，中原或中原以南地区，正秋风送爽，初增凉意，但塞外的秋风却已然严寒“似刀”。诗人仅用十个字，就把临洮的地域特点形象地描绘了出来。可以想像，接着将至的严冬这里又会是怎样一番情形。这一句写的是时令，却已经让人领略到了战争的艰苦。也许士兵们马上就要渡过河水奔赴战场，前方又将是什么样的环境呢？

平沙日未没，黯黯见临洮

接下来两句诗人写远望临洮的景象。“临洮”，秦时所置县名，今属甘肃，是古长城在西边的起点，历代都是经常征战的战场。一望无垠的大戈壁，黄沙莽莽，日光昏黄，远望临洮，已是昏暗不清。这些都是典型的边塞风光，雄浑阔远，气势恢宏，让人不禁联想到诗人在《从军行》组诗中所描写的“大漠风尘日色昏”的景象。

昔日长城战，咸言意气高

据史书记载，开元二年十月，吐蕃精兵十万袭临洮，唐朔方军总管王晙与摄右羽林将军薛讷等合兵抵抗，先后在多处大败吐蕃，前后斩获敌首数万，获马羊二十万。吐蕃军死者枕藉，洮水都被尸体阻塞而不流。诗中所说的“长城战”，指的就是这次战争。对唐军来说，这是很振奋士气的一次战役，所以说“咸言意气高”。

黄尘足今古，白骨乱蓬蒿

诗人游历至此，想到临洮自古以来都是征人流血的疆场。“今古”一词贯通前后两句。从古到今，这里都是黄沙弥漫，而荒草丛中，战死者的白骨处处可见。“长城战”中的战士们固然士气高昂，但伤亡也很大。诗人不是从正面进行辩驳或加以评论，而是通过对景物和战争遗迹的描写，不露声色地表达出自己的意见。这里的“白骨”，既包含了“长城战”中战死的战士，也包含了以前历代战死在这里的将士。诗人没有发一句议论，却将战争

的残酷极其深刻地揭示出来。

评 解

这首诗语言简练，极富表现力，具有强烈的人民性和历史的纵深感。诗中着重表现了军旅生活的艰辛及战争的残酷，酷寒的塞外，散落在蓬蒿里的将士白骨，令人触目惊心。前四句写塞外晚秋时节平沙日落的荒凉景象，后四句说明长城一带历来是战场。貌似平静的描述中，蕴含了诗人对战争给历代人民造成巨大苦难的反思。

此诗在艺术表现上的特点，是通过侧面描写来表现主题。诗人并没具体描写战争，而是通过对塞外景物和昔日战争遗迹的描绘，来表达对战争的看法。比如开头四句，从军士饮马渡河的所见所感，描绘了塞外空旷苦寒的景象；在表现苦寒时，着眼于“水”和“风”这两种最普通、同时也最能表现环境特征的景物。笔墨简洁，却产生了很好的艺术效果。

代扶风主人答

杀气凝不流，风悲日彩寒。
浮埃起四远，游子弥不欢。
依然宿扶风，沽酒聊自宽。
寸心亦未理，长铗谁能弹。
主人就我饮，对我还慨叹。
便泣数行泪，因歌行路难。
十五役边地，三四讨楼兰。
连年不解甲，积日无所餐。
将军降匈奴，国使没桑干。
去时三十万，独自还长安。
不信沙场苦，君看刀箭瘢。
乡亲悉零落，冢墓亦摧残。
仰攀青松枝，恸绝伤心肝。
禽兽悲不去，路旁谁忍看。
幸逢休明代，寰宇静波澜。
老马思伏枥，长鸣力已殚。

代扶风主人答 诗意图 李也青 绘

少年兴运会，何事发悲端。

天子初封禅，贤良刷羽翰。

三边悉如此，否泰亦须观。

题解

据两《唐书》记载，玄宗开元十三年（725）冬十一月始东封泰山。根据本诗“天子初封禅”一句可以判断，诗可能作于该年冬十一、十二月间。扶风，指唐朝岐州扶风郡，治所在雍县（今陕西凤翔）。主人，即客舍主人。此诗借扶风主人之口，盛言边地之苦、牺牲惨重之状，情节颇似南朝鲍照的《代东武吟》，在形式上又下启杜甫“三吏”、“三别”。本诗在诗人作品中是少见的叙事体，语言古朴浑厚。

【句解】

杀气凝不流，风悲日彩寒。浮埃起四远，游子弥不欢

杀气依然凝聚没有散去，天地间一片悲凉肃杀的气氛。四处尘埃浮动飘扬，游子心中郁郁寡欢，不得解脱。本诗通过一个退伍还乡的老兵（即扶风主人）遭遇，控诉战争对人的摧残迫害。作者起笔即写肃杀情景，为全文奠定基调。“凝”字写出了厚重感，“风”、“日”这样的自然景象，被赋予“悲”、“寒”的色彩，这正是作者常用的以景写情的手法。

依然宿扶风，沽酒聊自宽

作者依然住在扶风的客舍，买酒以解忧。开篇描写的情景，让读者很容易明白，作者此刻的心情也不好。诗人此时正游历西北，尚未入仕。他看够了残忍的战争带来的凄凉景象，而自己投身报国的愿望也不得实现，满腹愁肠，借酒消愁也在意料之中。“沽酒”一句，写出了“借酒消愁愁更愁”的“愁人”模样，明代《唐诗归》中钟惺评论说：“无限凄感，在此五字。”

寸心亦未理，长铗谁能弹

“铗”，剑把，此处用孟尝君门客冯谖弹铗而歌典故。据《战国策·齐策四》记载，齐国人冯谖穷愁潦倒，寄食于孟尝君门下，终日粗茶淡饭。他自叹怀才不遇，曾三弹剑铗歌“长铗归来乎，食无鱼”，“长铗归来乎，出无车”，“长铗归来兮，无以为家”。诗人用此典故，说明自己久客无以为家，此情无人可诉。《唐诗归》谭元春评：“有愁人对愁人之意。”钟惺评：“‘理’字妙！对‘乱’字看自见。”前面作者自述郁郁寡欢以酒消愁，正说明他心“乱”不已，所以这里用一个“理”字，微妙地表现作者此时的撩乱愁思。

主人就我饮，对我还慨叹。便泣数行泪，因歌行路难

扶风主人出来与我共饮，发出了阵阵的感慨叹息。说话中他回想起自己一生的遭遇，不禁流下眼泪来，开始对我说出他遭遇过的艰难。此处“行路”并不单指路途之难，而喻指人生行事及生活之难。李白的《行路难》中曾写道“行路难，行路难，多歧路，今安在”，意喻世道险阻。写到这里，诗的主人公正式登场，作者借他之口开始详写战争对人的摧残，从而引出本诗的主旨。

十五役边地，三四讨楼兰

“楼兰”，汉代西域国名，在今新疆维吾尔自治区若羌（旧称婼羌）县及其东北的罗布泊一带。《汉书》中记载，西汉时楼兰国王与匈奴沟通，屡遮杀汉使。后傅介子奉命出使，以计刺杀楼兰王，持其首还长安。此处以“楼兰”指代唐朝西北边疆少数民族政权。扶风主人自述：“我”十五岁就开始从军服役，数次征讨楼兰地区，一直在疆场拼杀。老兵从少时入伍说起，楼兰代表了边疆，而数字“三四”又暗示战争之频繁。叙述一开始，便将沉重的战争压力带给读者。由这两句到结尾，都是以老兵的口吻进述。

连年不解甲，积日无所餐。将军降匈奴，国使没桑干

“积日”，累日、连日；“桑干”，水名，在今山西朔州东，流经今河北境内入官厅水库。从军之时成年累月衣不解甲，随时准备开拔迎战，而且经常连续几天没有东西吃，饿着肚皮打仗。带兵的将军力拼之后不敌匈奴，只好投降；代表本国的使者淹死在桑干河里。据《史记·李将军列传》记载：“天汉二年秋，汉武帝使李陵将军卒五千出居延以伐匈奴，单于以兵八万围之。陵力战数日，矢尽粮绝，遂降匈奴。”此句是借汉事叙述当朝事。

诗人由战士们生活所必需的衣食细节，刻画出了战场之苦：穿的铠甲破破烂烂，早被泥水、汗水和敌我双方的鲜血浸透；然而对他们来说，将衣甲解下好好洗个澡、睡个觉这种卑微的愿望都不能实现，因为战场上风云变幻，随时都要准备拿起武器拼杀。战斗的多变性和残酷性导致给养不能随时保证，士兵们要在连日饿着肚子的情况下血战沙场，精神和肉体上都经受了巨大的考验，而这考验又因为战争的持续而遥遥无期。即使承受着这样难以想像的艰苦条件拚命作战，最终也难免不敌敌人，兵败丧土，这是怎样一份惨痛！

去时三十万，独自还长安。不信沙场苦，君看刀箭瘢

部队出征时有浩浩荡荡三十万大军，最终我却一个人孤孤单单地返回都城长安。你要是不相信我所说的沙场之苦，那就来看看我身上这些刀箭所留下的疤痕吧！《木兰诗》云“将军百战死，壮士十年归”，出征必然有伤亡，也有生还者。但经过长年累月的战争，尤其是这样远离中原乡土的边疆之战，将士牺牲惨重，生还者寥寥。此处“独自”与“三十万”对比强烈，极言战争之惨烈，军士伤亡之惨重。而幸存归来的人，也满身都是伤痕，留下了战争最直接的印记。《唐诗归》谭元春评：“看其出没，真五言古中宏肆高格也。”

乡亲悉零落，冢墓亦摧残

好不容易回到家乡，亲人故交已经全部不在了，连埋葬他们的冢墓也遭到损坏。这两句出自古诗《十五从军征》：“十五从军征，八十始得归。道逢乡里人：家中有阿谁？遥望是君家，松柏冢累累。兔从狗窦入，雉从梁上飞。”试想这是怎样的一幕人间悲剧：年少离家从军，到白发苍苍时日无多才回到家乡。回到家乡才知道，那些日思夜想的亲人，早已经不在人世，甚至连他们的墓冢也已呈现出一幅破败景象。几十年的挂念一下成空。可以说，战争带走了一个普通士兵所有的一切。

仰攀青松枝，恸绝伤心肝。禽兽悲不去，路旁谁忍看

仰头握住青松的树枝，悲恸欲绝，哭得肝肠寸断。连禽兽都感受到这种无比的悲伤，在周围悲鸣不去；旁边的路人谁也不忍心看这样的场面。支持战士在疆场拼搏这么久的，不外乎是能回家与亲人团聚的愿望。然而归家后竟然发现，因为连年战火，记忆中温暖的家早已破败不堪，甚至不复存在。归来的老兵心中所保留的最后的、也是一直坚持的美好印象被无情的现实击得粉碎，怎不令人心碎！

幸逢休明代，寰宇静波澜。老马思伏枥，长鸣力已殚

“休明”，政治清明；“寰宇”，普天之下。句中的“代”即“世”的代用字，唐朝避李世民的讳，以“代”替代“世”。幸亏现在遇到了政治清明的时代，普天下都很太平。我这样的老人已经没有精力再去拼杀疆场了，想回家过安稳的日子。“老马”出自曹操《龟虽寿》中“老骥伏枥，志在千里”，而反用其意，扶风主人自谓衰老，希望得到休息。

少年兴运会，何事发悲端。天子初封禅，贤良刷羽翰

“少年”，扶风主人对诗人的称呼；“运”，时运。“翰”，长而硬的鸟羽；“刷羽翰”，意谓奋飞得志。扶风主人对诗人说，你这样的少年正赶上好时运，有什么事也如此悲伤呢？天子刚刚在泰山封禅，有才能的人们都振奋精神，准备大干一番，如同鸟儿一样要奋飞得志。这里借扶风主人之口所说，其实语带讽刺：在经过漫长而无意义的拓边战争之后，我们这些老兵们失去了一辈子的幸福，却什么都没得到，老无所依；现在国家又打算征招你们这些年轻人“为国尽忠”了，真是清明盛世的景象啊！《唐诗归》钟惺评语认为这几句“有讽”。

三边悉如此，否泰亦须观

“三边”，指幽、并、凉三州，其地皆在边疆，故名。《汉书·地理志》：“武帝开广三边。”“否泰”，《周易》中的两个卦名，天地交谓之“泰”，天地不交谓之“否”；命运的通塞称为“否泰”，否即不顺，泰即通达。即使三边将士都如此奋发努力，天下到底能不能太平，也依然不能确定。御敌抗侮之战当然是必要的，但难保没有向外扩张领土的战争。这样一来，战争就将无休无止，不能乐观地相信会有永久的太平盛世！这是一个老兵的总结性意见，其实也代表了作者本人的态度。穷兵黩武对人民的伤害何其大，生活在底层的老百姓所盼望的，不过是过太平日子而已。《唐诗归》谭元春云：“五字耳，又是一篇深远大文章。”钟惺评：“得此一结，不碎不散，全篇身分。”

评解

全诗以肃杀之气起，最后落于对整个边塞情势的感慨。诗中描写了一个

老兵的悲惨遭遇：少小戍边，老大始还；归后孤苦无依，茕茕孑立。本诗充分表达了诗人对无休止的战争的控诉和对孤独无依的老兵的深切同情。《唐诗选脉会通评林》录周启琦评语称此诗：“缠绵激楚，如诉如怨，读之不知诗生于情，情生于词？”

唐朝拓边战争颇多，这就为边塞诗的产生提供了无穷的题材。在盛唐时期，诗人往往抒发自己想要为国征战的理想，也写出了很多激昂士气、赞颂军威的诗篇。这与盛唐时期普遍存在的积极气氛是密不可分的。然而随着时间的流逝，战争对人民的危害性也日益显现出来，诗人们对战士的哀惋之情也日渐突出。诗人对于社会的认识往往是敏感的，也是感性的。对于诗中所描写的事实，诗人表现出了清醒的忧患与无奈、同情与不平。“仰攀青松枝，恸绝伤心肝。禽兽悲不去，路旁谁忍看”，这既是一个征战一生的老兵的悲伤，也是作者心中悲凉情感的写照。边庭之荒凉、军旅生活之酸辛、征战沙场之艰险、报国无门之愤慨、思乡思亲之愁苦、归家无望之哀痛、士兵对将帅不得其人的怨愤、穷兵黩武给人民带来的苦难……作者哀的不是一个人，而是这样的一群人，这样的一些事实。边塞诗人见证了边塞的风起云涌，而像王昌龄这样富于反思精神的诗人，也敢于直面威武昂扬的唐代边塞风云的黑暗侧面，上悯国难，下痛民穷，“哀情质语，深得风刺之妙”（《增订评注唐诗正声》）。

本诗语言古朴浑厚，“去时三十万，独自还长安。不信沙场苦，君看刀箭瘢”几句，尤其为《河岳英灵集》的编者殷璠所称道。

胡笳曲

城南虏已合，一夜几重围。
自有金笳引，能沾出塞衣。
听临关月苦，清入海风微。
三奏高楼晓，胡人掩涕归。

题解

《胡笳曲》是乐府旧题，属《琴曲歌辞》。据《晋书》、《世说新语》等记载，西晋末年，北方匈奴入侵中原，晋军将领刘琨在晋阳被敌军重重围困，无法解脱；最终他利用一支胡笳，退敌五万精兵，传为战争史上的佳话。这首《胡笳曲》写的就是此事。

胡笳曲 诗意图　李也青 绘

【句 解】

城南虏已合，一夜几重围

北方匈奴将领刘聪率五万人马，把整个晋阳城包围得像个铁桶，滴水不漏。晋阳守将刘琨很着急，可他的兵力不够冲出城去，粮草也不够死守城中。众将束手无策，只能坐以待毙。所谓兵贵神速，“一夜”这短短的时间，敌人即已“几重围”，渲染出危急之感，表明晋阳城业已到了生死存亡的关头。诗人用一个“已”字，说明了情况的万分危急，“几重围”更是言简意赅地表示出事态的严重。开篇寥寥十个字，已清晰地呈现出城围将困、生死悬于一线的紧张画面。

自有金笳引，能沾出塞衣

“金笳”，即胡笳，管乐器，自西域传入中原，“金”是修饰词；“引”，曲。“沾出塞衣”，《全唐诗》注云“一作‘令出塞飞’”。城四面被敌军团团围住，敌军营中的叹息、歌声也隐约可闻。正是这叹息之声，让刘琨心中一动，莫非匈奴兵士在思念家乡？据《晋书》记载，“琨乃乘月登楼清啸，贼闻之，皆凄然长叹。中夜奏胡笳，贼又流涕歔欷，有怀土之切。”

在唐代边塞诗中，诗人常借羌笛和胡笳这两种乐器抒发内心的苦闷哀伤之情。羌笛往往用来表现凄怨哀伤，而胡笳则更多地展示悲壮之美。这类乐器吹奏的多是少数民族乐曲，许多胡人听到它的声音就感伤落泪，产生思乡之情。被围困的刘琨吹出胡笳哀声，胡人听了，也就不可抑制地涌起浓浓的思乡之情。他们同样经历着常年的战争，想念家乡的父老妻儿。他们或许想到，多年前的某个夜晚，曾和亲人朋友在这熟悉的胡笳声中载歌载舞。而此时身在异乡，听到这低沉的乐音，怎能不为之动情！男儿有泪不轻弹，只是未到伤心处。胡笳一“引”，铁血男儿被触动心底柔情，终于也泪落铁衣，使“出塞衣”上落满思乡泪。这个“沾”字与“儿女共沾巾”的离别之泪相比，更多了一份悲壮与沧桑。

听临关月苦，清入海风微

胡笳声中，令人好似看到关山之月，又感到海风拂面。明周珽编《唐诗选脉会通评林》录蒋一葵评语：“气贯，无雕琢处。‘关月’‘海风’亦并乐府曲。用入此曲妙，而诗亦极工。”

乐府旧题有《关山月》，“海风”所指不详，可能也是乐府旧曲。诗人另一首边塞诗《从军行》（其一）云：“烽火城西百尺楼，黄昏独坐海风秋。更吹羌笛关山月，无那金闺万里愁。”也同时写到“关山月”和“海风”，“海”当指青海湖。本诗中的“关山月”、“海风”既是曲名，又似实景，写活了胡笳声，给全诗带来一抹亮色。虽说《关山月》等曲目不是胡乐，但音乐本身不分地域，表现的均是人的心声。同样是投身沙场血染疆土，同样是告别父母妻儿，同样是过着刀尖上摸爬滚打的日子，不论汉人、胡人，将士们确有很多共同之处。胡人的乐器演奏汉曲，引起的是两军共同的哀愁。

边塞诗中，月的意象一直占有很重要的地位。或许是白日的拼杀，让黑夜的皎洁月光显得格外平静安宁；或许是远离故土，唯有月亮仍是家乡所见的熟悉景象，使征人心中有所慰藉。而清风拂面从来就带给人温暖亲切的感觉。作者用一个“临”字，化虚为实，让人如临其境，如置身画中。而对方营中的胡人将士，听曲中之月，观眼前之月，再加上熟悉的家乡器乐之声，虚实之景相叠，让胡人恍如梦中，更加厌恶这血腥的疆场。

三奏高楼晓，胡人掩涕归

《晋书·刘琨传》记载，刘琨乘月登楼奏胡笳之后，“向晓复吹之，贼并弃围而走”。末句中的“涕”字，《文苑英华》作“泪”。再三吹奏胡笳曲之后，胡人终于丧失了斗志，围城的大军流着泪撤兵而回。“三”是泛指，再三、多次。自古军中严防军心动乱，往往规定“乱我军心者斩”。一支大军如果没有强大的精神力量支撑，必然无法形成强大的战斗力。而刘琨再三吹奏胡笳，唤起胡人的思乡念亲之情，从根本上摧毁了敌军的战斗精神。一座坚固的堡垒难以从外部攻陷，但当其内部、底层开始动摇粉碎时，坍塌便只在旦夕之间。在这个弥漫着浓浓思乡之情的夜里，可以推测，很多胡人将士度过的是一个不眠之夜。长久以来积累的厌战情绪在这一夜暴发，他们心里不由自主打起了退堂鼓。而天将破晓时再一次响起的胡笳声，仿佛成了压垮骆驼的最后一根稻草。胡人就这样怀着思乡之情，拭泪而归了。“掩涕”一词生动地表现出了刘琨攻心战产生的强大力量，也为本诗画上了一个完美的句号。

评解

吹奏几曲胡笳即达到退敌保城的效果，听来不可思议，想来又在情理之中。若论计策，这属于《孙子兵法》中所说的“不战而屈人之兵”。究其原因，无非是抓住了一个“情”字。大凡将士，都希望报效祖国而不以私情为重。然而思乡念亲既是人情之所难免，又与祖国紧密相连。刘琨从军人所怀有的共同情感出发，想到用胡笳这种传自胡人的乐器来催动敌方将士的思乡之情，计策不可谓不妙。而他之所以能够取得成功，与他本身表现出的强烈情感是分不开的。正因为他自己同样深受战争之苦，才能有如此强烈的感情，通过乐曲表现出来，进而打动本来敌对一方的人心，诱发出胡人强烈的思乡情。

“胡笳退敌”之所以能够成立，归根结底在于两方面的将士都深受战争之害，内心深处其实都厌恶战争，渴望安定平和的生活。狼烟四起，烽火连天，战争的最直接牺牲者就是这些普通士兵。身为士卒，不得不疆场拼杀，而思乡之情也在不经意间越积越深。胡人往往性情豪迈，喜好歌舞，本就是情感奔放之人。而刘琨这样的汉人将领性情内敛，情感容易积蓄得更加深厚。以深厚的感情，在恰当的环境下，去带动本就性情奔放之人，使得胡人的乡情无可遏抑地发露出来，退兵而还，也是顺理成章之事。

这首诗可以视为叙事诗，以诗歌艺术的方式完整地记录了胡笳退兵这一载入史册的事件。首联寥寥几字，点明军情危急，渲染出兵临城下的压迫感。颔联直接点出守将刘琨的奇特计谋，即以胡笳乱敌心神。“泪沾出塞衣”一句，不仅写出上述计谋所产生的直接效果，也缓和了敌军围城的紧迫气氛。颈联笔锋一转，着重表现胡笳乐曲。诗人将乐曲中展现之景写得宛如眼前实有之景，虚实相生，连读者都仿佛感到了战场气氛的变化，更不要说身在其境的胡人将士了。尾联中叙事时间转入拂晓，拂晓是新生的一天的开始，意味着希望；而敌军终于撤兵而还，晋阳城也终于解除了危机。诗人收笔干净有力，用笔不可谓不神妙，《唐诗选脉会通评林》录蒋一葵评语，认为“结用事佳切”。明末唐汝询《唐诗解》评价此诗：“是咏物体。清雅不纤，妙妙。”

从军行（其一）

烽火城西百尺楼，
黄昏独坐海风秋。
更吹羌笛关山月，
无那金闺万里愁。

题解

《从军行》组诗共七首，是作者边塞诗的代表作，高度概括地描述了唐军将士的军旅生活。“行”是汉朝乐府诗歌中的一种体裁，又称“歌行”。《从军行》本为乐府古题，属于《相和歌辞》的《平调曲》。据《乐府解题》说，这个诗题所写的大都是军旅中愁苦恨怨的情事。但后来的诗人借用这个古题所写的新作，虽说仍不离“军旅”生活，却不一定愁苦。王昌龄的《从军行》组诗便可视为对捍卫祖国的正义战争及其胜利的颂歌。

本诗从边疆戍卒的一个生活细节入手展开描写，刻画了其怀念家乡亲人的深挚情感。

从军行（其一）诗意图　于守义 绘

【句 解】

烽火城西百尺楼，黄昏独坐海风秋

古时边境上筑有高台，有敌人入侵的时候白天燃起狼烟，夜间则举火以示警报，这种高台就叫“烽火台”。“百尺楼”，指城墙上的戍楼，“百尺”形容其高，未必真的有百尺高，李白也曾经在自己的诗中写过“危楼高百尺”。两句寥寥十四字，就对戍卒所在的环境详尽地进行了描写。在广漠的边塞上，在边城的西边，矗立着一座了望和报警用的烽火楼。正是秋天的黄昏时分，有一位戍卒在战斗和执勤之暇，独自坐在戍楼上。这两句具有强烈的画面感。

虽然写了西北边塞的烽火台、戍楼、黄昏、秋风，但诗人的主要着眼点还在那个在戍楼上独自思家的士卒身上，尤其是在他的心理活动上。“独坐”一作“独上”。但这位戍卒坐在那里干什么呢？仅仅是闲暇无事静坐休息呢，还是要静静地领略一番从青海湖上吹来的带苦涩味道的风呢？“独”字透露了此中的消息。人在有心事的时候往往喜欢独处，一个人出去走走，随意散心，或坐在那里想心事。这个戍卒就是如此。他“独坐”戍楼，内心在想些什么呢？下边两句即顺理成章地自然带入，描述他的心事。

更吹羌笛关山月，无那金闺万里愁

“关山月”一句是叙述句，是说独坐的戍卒又吹起了羌笛。诗人在句首特意标出“更吹”二字，就是明告读者，原来戍卒“独坐”不是空坐，而是有所思的。所思为何？那就是《关山月》乐曲所表现的情感。《乐府诗集》中说：“《关山月》，伤别离也。”戍卒为了抗御西北少数民族的入侵，来到边塞戍守，成年累月了望敌情，燃放烽火，行军打仗，不能与亲人团聚，尤其是家中还有娇妻独守空房，怎么能不让他牵肠挂肚呢？因此，在战斗勤务之暇，他面对长河落日，秋风萧瑟，思乡念妻的情绪十分浓烈。人的感情需要宣泄，他拿起当地特有的乐器羌笛吹奏一曲。“羌”在唐代殷璠编选的《河岳英灵集》中又作“横”。

但是，笛声并没有使他的思绪平息下来，妻子思念丈夫的愁容显现在他的脑海中，没有办法加以消除。他感情的闸门再也控制不住，一泻千里的情思喷涌而出。这就是那个戍卒的心理活动内容。戍边虽然是为了保卫国家的统一，民众的安全，但是将士们也都是有血有肉的人，其思想情感是很复杂的。在本诗中，戍边和思乡并不矛盾，戍边日久，思家越切，但这种情绪并没有流于一味哀怨，而是哀而不伤，对人物内心世界的刻画更显得饱满。前面三句描写环境、叙事，采用了层层深入、反复渲染的手法，创造出一种气氛，为第四句直接抒情做铺垫，使这抒情的结句显得格外有力。

评解

在王昌龄的诗作中，边塞诗的数量并不是很多，但差不多首首是名篇。他的边塞诗有独特之处，拿他与边塞诗的代表作家岑参相比较，就可看出，他的关注点不在对征战生活和边塞风光的描绘上，而在对戍边将士思想感情的表现上。在他的笔下，边塞环境提供了人物心理活动的背景，而其诗歌的核心，却是在这个背景之下活动的人物的内心历程。

这首诗的开篇“烽火城西”点明了所描写的地点，笔法简洁。一缕笛声，对于闻笛人来说是景，但这景又饱含着“独坐”在孤楼之上的吹笛人所抒发的情。诗人巧妙地处理了状物与抒情的关系。诗中描写的时令正值秋季，时间又逢黄昏，这两个在中国古典诗词中最具代表性的感伤意象叠加在一起，大大地加重了诗中征人思乡情切不得归的惆怅气氛。诗人用这亦情亦景的句子，不露痕迹地完成了由景入情的转折过渡，显得巧妙而又自然。

对人物的描写，则从戍卒入手。前三句就戍卒一面描写，是实写；而第四句则跳开，写家中妻子对自己的思念，是虚写。本诗的主旨在于表现征人思乡怀土的感情，却没有从正面直接描写，而是跳开去，从家乡的妻子“万里愁”来反衬出征人自身无尽的惆怅。这种曲笔与虚写、实写相结合的手法，既避免从正面写起，又将征人和思妇的感情糅合到一起，形成一个整体，对于深刻表现人物心理活动起到了独特功用。诗人很擅长使用这种写法，他的《送魏二》三、四句，《卢溪别人》三、四句，也都是放开面前的别愁不写，而通过想像写被送之人在旅途中的愁思，欲解反结，艺术效果更佳。

在表现征人思想活动方面，诗人运笔十分委婉曲折。前两句描写的都是视觉方面的感受，诗中的景物描写比较静谧，加入幽怨的笛声，就显出了动态，颇富立体感。诗人又继续提到“关山月”，使这首著名的乐曲占满诗句里的听觉空间。缕缕笛声，在读者的思绪中响彻，既像游子的叹息，又像家乡亲人的呼唤。如此一来，环境氛围已经营造得很充分，末句的抒情也就水到渠成。

当代诗人李瑛曾将这首诗翻译成白话："黄昏，独自登上/烽火城西高耸的戍楼/青海湖上，阵阵秋风/吹进了心头/更有那羌笛吹奏出/《关山月》忧怨的曲调/叫人怎么能消除这万里之遥的/夫妻相思的忧愁！"

从军行（其二）

琵琶起舞换新声，
总是关山旧别情。
撩乱边愁听不尽，
高高秋月照长城。

题解

本诗也是选取军士边塞生活中的一个闲暇片段，以此表现征戍者的内心情感。军中宴乐场面在诗人的笔下刻画得情景交融，延续了王昌龄边塞诗一贯的情思深沉、语言含蓄的特色。

从军行（其二）诗意图　徐震时 绘

【句 解】

琵琶起舞换新声，总是关山旧别情

画面从军中闲暇时的乐舞展开。随着舞蹈的变化，弹奏琵琶的乐手又拨弄出新的曲调来。琵琶又称“批把”，《释名 · 释乐器》称：“批把本出于胡中。”琵琶是极富边地风味的乐器，戍守边疆的将士置酒作乐，自然少不了“胡琴琵琶与羌笛”（岑参《白雪歌送武判官归京》）。对于戍边的将士们来说，异域情调的乐器本不应让他们产生关于中原家乡音乐的联想。然而事实却恰恰相反，“‘总是’二字转接得有力”（《增订评注唐诗正声》）。久戍在外的人思乡情切，对他们来说，不论用什么样的乐器演奏，所传递出来的都是思乡之情。所以诗人将边地音乐主要内容一言以蔽之，就是“旧别情”。

撩乱边愁听不尽，高高秋月照长城

经常反复听相同的乐曲，是不是会让人觉得乏味、变得麻木呢？第三句的“听不尽”告诉人们，那曲调无论什么时候，总能搅扰出征人心中的无穷边愁。“听”，《乐府诗集》作“弹”。“听不尽”三字，是怨，是叹，还是赞？作者没有点破，使全诗显得意味深长。那奏不完的琵琶曲，是征人永远都听不腻的。那乐曲中的滋味，实在叫人怕听又爱听，永远动情，百转千回。这是诗中又一次波折，也是又一次感情的抑扬。

诗中提到的“边愁”凭借乐曲起势，产生了“听不尽”的效果，那么，末句该如何写，才能既使“听不尽”的情感得以延续，又能完成收束全篇的任务呢？这就要考验诗人的功力了。直接抒写征人内心的情绪，这在前三句中已经做到；最后一句如果继续抒情，虽无不可，却容易落了俗套。诗人写到这里并没有让大家失望，他选择轻轻宕开一笔，转身去描述营帐外的一派静谧的“秋月”、“长城”景色。读者深陷在边愁中的思绪，至此也被作者牵引开。仰望天空，明月高挂；回视边塞，长城沧桑，那无言的景色又将催生出怎样的情怀呢？作者没有说出来，末句不再另作任何评价和解释，只是以景结情，让人们观赏、沉思。

评解

这首诗可以与上一首《从军行》联系阅读，它们都是截取军旅生活的片断来表现征人复杂、深沉的感情。《唐诗选脉会通评林》评价此诗“奇想层出”、“意调酸楚”。与上一首不同的是，这首《从军行》并未由景入情，进而直笔抒发，而是先从“边愁”开始描写，意尽之后，末句才带出一笔“秋月”“长城”的景物描写，“忽说月，妙”（《增订评注唐诗正声》），产生一种悠远不尽的意味。

按照诗歌写作中铺陈情感的惯用方法，诗人笔下表现出的征人情感，在经历了“换新声”、“久别情”、“听不尽”这曲折而又流畅的波动之后，末句更应该尽力表达边愁才对，诗人为何突然转向描写“秋月”、“长城”呢？近人刘永济在《唐人绝句精华》中评述说，《从军行》第二首诗中的琵琶新曲，也是撩人的思乡怨曲，满腹离愁别绪的人们怎能再忍受这种曲调呢？于是就有了“撩乱边愁听不尽”这第三句。最后一句突然转而描写“秋月”，正是用这样的景物描写来离情入景，“正以见边愁不尽者”，使诗情得到升华。“对此‘高高秋月’但‘照长城’，愈觉难堪也。句似不接，而意实相连，此之谓暗接”。诗人以不尽之笔，将征戍者的内心世界入木三分地刻画出来。

从军行（其四）

青海长云暗雪山，
孤城遥望玉门关。
黄沙百战穿金甲，
不破楼兰终不还。

题解

这首诗描写了壮美的边塞风光，表达守边将士誓以生命保卫祖国的豪情壮志。唐玄宗开元、天宝年间，青海一带是唐与吐蕃争夺最激烈的地区。天宝年间，唐将哥舒翰打败吐蕃，筑城于青海的龙驹岛以拒吐蕃。诗中所写即为此地。

从军行（其四） 诗意图 华三川 绘

【句 解】

青海长云暗雪山，孤城遥望玉门关

“青海”，即今青海的青海湖；“雪山”，河西走廊南面横亘延伸的祁连山脉。“玉门关”，汉武帝时设置，因为西域输入玉石要取道于此，因而得名，故址在今甘肃敦煌西北小方盘城，六朝以后关址东移至今安西双塔堡附近。《乐府诗集》“玉门关”作“雁门关”。诗人一开篇就描绘了特点鲜明的边塞风光：浩瀚的青海湖，暗淡无光的天空，浓云笼罩的雪山。寥寥几笔，即勾勒出一幅地域壮阔、气象雄浑、色彩浓郁、线条粗犷的塞外风光图。作者使用映衬手法，以边疆壮美的风景来映衬守边将士的豪迈之情。

诗人站在青海湖边一座孤城上，遥望远方的玉门关的情景。青海湖与玉门关东西相距数千里，却被诗人安置在同一幅画面中，这是不是一个笔误呢？针对这个问题，历代读者出现了种种不同的看法。按下种种理解不谈，从字面上看，第一、二两句可以设想成一幅次第展现的广阔画面：青海湖的上空，“长云”密布；青海湖的北面，横亘着绵延千里、若隐若现的雪山；越过雪山，是矗立在河西走廊荒漠中的一座孤城；再往西，就是和孤城遥遥相对的军事要塞玉门关。“遥望”是诗人心中的想法，是虚写。这幅展现了东西数千里广阔地域的长卷，就是当时西北戍边将士生活、战斗的整体背景和典型环境。这两句是对整个西北边陲的一个鸟瞰，一个概括。

第一、二句在写景的同时，又渗透了丰富复杂的感情：戍边将士对边防形势的关注，对自己所担负任务的自豪感、责任感，以及戍边生活的孤寂、艰苦之感。这种种情感，都融合在悲壮、开阔而又迷蒙暗淡的景色里。将士们身在边营，心向关内。如此一来，这里写的就不仅是作者的“望”，而是设身处地写出了所有守边将士的“望”，揭示了守边将士高尚的内心境界。他们只要一想到关内祖国和人民的安全，心中就充满了力量，甘愿长期坚守在僻远的荒漠孤城。

黄沙百战穿金甲，不破楼兰终不还

“不破楼兰终不还”，用了汉代傅介子刺杀楼兰王的典故。西汉时西域楼兰国王曾数次杀死汉使，后来被汉使傅介子以计刺杀，楼兰此后改称鄯善。这里用“楼兰”指代侵扰西北地区的敌人。这一句表达了唐军将士不彻底消灭敌人誓不还家的雄心壮志。

三、四句与一、二句形成鲜明对照。前者主要写边疆景色，境界恢弘，内蕴丰富；三、四句则主要写诗中主人公立志报效国家的豪语，两者之间有明显的转折。三、四句的豪言壮语，绝非肤浅空洞的“保证书”，而是将主人公真挚的情感寄托在一个既非常现实又充满理想主义色彩的环境中，顺其自然地产生的。这种感情的产生正需要一、二两句那种含蕴丰富，笔尽千里的环境描写。通过汉代典故的使用，诗人将环境描写自然地过渡到抒情部分。“黄沙百战穿金甲”是概括力极强的诗句。戍边时间之漫长，战事之频繁，战斗之艰苦，敌军之强悍，边地之荒凉，都被这七个字概括无遗。“百战”这种说法还比较抽象，前面加上“黄沙”二字，就突出了西北战场的鲜明特征。“百战”而至“穿金甲”，连金属铠甲都磨破了，这种描写让读者更可想见战斗是如何的艰苦激烈，也可想见这漫长的时间中有无数将士壮烈牺牲，抛骨荒野。

但是，尽管身处如此艰苦的征战环境，将士们的报国壮志依然不改，并且在大漠风沙的磨炼中变得更为坚定。“不破楼兰终不还”，就是身经百战的将士发出的豪壮誓言。通过“不破”、“终不”这样的句式，传达出极为强烈的感情。清人沈德潜指出，这两句可以作为豪语看待，也可以视为对归期无日的感慨，意味倍增（《唐诗别裁集》卷十九）。也有人认为，最后一句是愤激之词；不过结合整首诗来看，这种看法似嫌勉强。“黄沙”句尽管道出了战争的艰苦，但整首诗给人的实际感受是雄壮有力，而不是低沉伤感的。末句虽有嗟叹归家无日的一层意思，但主要还是表达将士们深深意识到战争的艰苦性、长期性，因而发出更坚定、深沉的誓言。盛唐优秀边塞诗的一个重要特色，就是在抒写戍边将士的豪情壮志的同时，并不回避战争的艰苦；而在描写艰苦的时候，也并不流于感伤哀怨，而是转向悲壮、深沉，读来使人既振奋，又感慨。本篇将环境与人物感情巧妙融合，达到高度统一。这是王昌龄绝句的突出特点。

评解

这首壮美动人的诗篇，洋溢着盛唐时代特有的爱国热忱，这种热忱和激情，千百年来一直激励着将士们为保卫祖国而英勇战斗。将士戍守边疆，久久不得归家，还要面临一次次的生死搏斗。即便对环境有所抱怨，他们也绝没有放弃自己的职责，更没有因为思念家乡而变得士气不振。千言万语，凝聚成即使铠甲磨穿仍要破敌、不达目的绝不归还的誓言。豪语里面虽然也隐藏着将士们的悲伤，却没有一点哀怜埋怨的气息。复杂的感情纠结中，体现出一种为国家而舍小我的牺牲精神，从而使此诗表现出深刻的内涵。

诗写的是战争，但写得很美。青海湖与玉门关东西相距数千里，诗人却通过雄健的笔力和开阔的想像，将它们巧妙地组合在一起，犹如中国画中的散点透视。青海湖、雪山、玉门关、黄沙、金甲等词引人注目，短短十几个字，用青、白、黄、玉、金等绚丽的色彩集中冲击读者的眼帘。这些字眼产生的色彩效果，与唐军将士英勇顽强的形象交相辉映，为读者展现出一幅波澜壮阔的古战场图，读来顿生气象雄浑、慷慨悲壮之感。

从军行（其五）

大漠风尘日色昏，
红旗半卷出辕门。
前军夜战洮河北，
已报生擒吐谷浑。

题解

这首诗描述西北地区唐军一次出奇制胜的战斗，表达将士们迅速取得全面胜利的喜悦心情。这样一场生擒敌酋的大胜仗，诗人只选取一个出发场面和一份捷报，就使得境界全出，可见匠心之巧，笔力之雄。诗人在青年时代曾漫游西北边塞，到过临洮一带。大概就是此时，他目睹或听闻这场大捷，并以诗歌的方式记录下来。吐谷浑，音突欲浑，又称吐浑、退浑，古代西北民族之一。这里指吐谷浑部的首领。吐谷浑原为鲜卑慕容部的一支，唐时为吐蕃所灭，其残部受唐朝庇护，首领袭承青海国王之号，后渐渐流散；诗中用来泛指侵犯唐朝边疆的敌人，用法与前一首诗中的“楼兰”类似。

从军行（其五） 诗意图　杨立对 绘

【句解】

大漠风尘日色昏，红旗半卷出辕门

古代行军扎营时，用车环卫，出入处把两车的车辕相向竖起，对立如门。后来人们就把军营的门称为“辕门”。中国西北部的阿尔泰山、天山、昆仑山等，均呈自西向东或向东南的走向，这就在河西走廊和青海东部形成一个大风口，狂风起时，飞沙走石。“日色昏”并非因为天色已晚，而是因为大沙漠里强风搅起的灰尘遮天蔽日，把天色弄得十分昏暗。寒风凛冽，唐军走出军营的大门。为了减少风的强大阻力，加快行军速度，战士们将红旗半卷起来。“漠”，宋代洪迈编《万首唐人绝句》作“汉”，是错误的。这支横行大漠的健儿，将要面临怎样一场惊心动魄的恶战呢？开篇的出征气势，为下面的描写埋下了伏笔。读者的悬想紧跟着军队的行进而展开。

前军夜战洮河北，已报生擒吐谷浑

“洮河”，又名巴尔西河，源出今青海境内的西倾山。据史料记载，吐谷浑部族就居住在洮河之西。第三、四句，可能会让很多期待诗人进行战斗大场面描写的读者感到意外：战斗还没有打响，队伍还在行进当中，军中传报信息的人已经来报告说，前军经过一夜激战，已经大胜，还生擒了敌人的首领。这样的战斗，应该是每一个具有战斗精神的士兵所期待的。可是还没等他们在沙场上大显身手，战斗就已经结束了。这样的情景设置，不仅仅让读者感到意外，也让诗中的将士们感到意外，甚至还有一些失落。然而换个角度来看，恰说明唐军阵容强大，一支前锋部队即可打垮敌军。如果整支大军发起攻击，不难想像会是何等威力。

从这两句描写看，诗人所选取的主要描写对象是没有和敌军直接交手的后续部队。对取得辉煌战绩的“前军”，只是从侧面带出一笔。这正体现了诗人不落窠臼、打破常套的奇妙构思。若平铺直叙，从正面对“夜战”进行一番描述，再写后续部队听闻捷报，不仅因绝句这一形式的限制而难以表现，也会使内容显得平板。而诗人现在这种写法，就做到了扬长避短，将绝句的短处变成了长处。读者可以从“大漠风尘”的行军艰难和“夜战洮河”的捷报这两个片断，去想像这场战斗；从“生擒吐谷浑”的结果，去体味这次出征。诗人用一种轻快跳脱的笔法，从背面、侧面对激战加以烘托、点染，而让读者自己通过想像，去组合、完成整个叙述。

评解

想用短短四句二十八个字，既写出战斗的大场面，又兼顾后军的支援和闻捷，并且让每一个场面都生动细致，显然是无法办到的。诗人避开正面的两军对垒不写，而是采取侧面烘托手法，以实显虚，让人们从捷报的结果去想像“洮河北”“夜战”的激烈紧张。正如前人所说，“神无可绘，真境逼，而神境生”，生动的侧面描写，使读者完全可以想像出大战获胜的全景。胜利似乎来得很突然，然而从一、二句描写大军出征时所显示出的军威来看，前军的胜利并非偶然。诗的后两句是主体部分，前两句正面描述主力部队行军情景，正是为了衬托出前军的骁勇。一场重大的战斗，只通过探马之口轻轻点出，真是一派盛唐雄浑气象。两者互相衬托补充，表现了全军计划周密、斗志昂扬、胜券在握的大智大勇。

出塞（其一）

秦时明月汉时关，
万里长征人未还。
但使龙城飞将在，
不教胡马度阴山。

题解

“出塞”是乐府旧题，属横吹曲辞。唐代诗人写东北、西北和北方地区的生活、战斗，常以《出塞》《入塞》《塞上》《塞下》等乐府民歌的名称为题。关塞其实并不都在边疆，内地某些军事重地也叫“塞”。唐玄宗后期政治昏暗，内有奸臣弄权，外有藩镇作乱，给广大人民和将士带来深重的灾难。此诗大意是讥讽边将不得其人。

出塞（其一） 诗意图 戴敦邦 绘

【句 解】

秦时明月汉时关，万里长征人未还

曾经照过统一中国的秦朝和强盛汉朝的明月，现在依然高悬天空；而建于秦汉时的边关，至今仍巍然存在。“秦月”和“汉关”是错举见义写法，意谓自秦汉以来，明月映照下的关塞，无非都是征战和戍守的所在。“明月”和“关”是有关边塞的乐府诗里很常见的词语。宋人郭茂倩编的《乐府诗集·横吹曲辞》里有《关山月》一题，《乐府解题》说：“关山月，伤离别也。”无论征人思家，思妇怀远，往往都离不了这“关”和“月”两个字，如“关山夜月明，秋色照孤城”（王褒《关山月》），“陇头明月迥临关，陇上行人夜吹笛”（王维《陇头吟》）。

首句气势磅礴，纵横古今，寄托着作者怀古的幽思。明月和城关，点明了诗的主题。而且气魄极大，为全诗张目。诗人只用大笔勾勒，不作细致描绘，却恰好显示了边疆的寥廓和景物的萧条，渲染出孤寂苍凉的气氛。尤为奇妙的是，诗人在“月”和“关”的前面，用“秦“ “汉”加以修饰，使这幅月临关塞图，又变成了时间中的图画，赋予万里边关以悠久的历史感。这是诗人对长期的边塞战争作深刻思考之后产生的“神来之笔”。

次句写士兵们万里迢迢去守卫边疆，年年征战，到现在仍不见回来。这意味着战事仍在继续。七个字蕴涵的思想极为深厚，征夫、思妇、边塞之苦，诗人对征战的厌倦、对战争的反思等边塞诗的元素，都包含在这一句当中，非大手笔不能为之。这一句既叙事又抒情，在深沉的感叹中暗示当时边防多事，表现了诗人对于久戍士卒的深切同情。这一句还从空间的角度点明边塞的遥远，这样，诗人便创造了时空交织的意象，把读者带到万里以外的边塞，并将读者引进漫长的历史河流中去回忆、体验、思考。

短短两句，包含了多少言外之意，味外之旨！秦汉时的边关，至今在月下依然如故，说明战争一直持续不断。已有不知多少士卒血洒沙场，至死不归；又有多少战士仍然戍守着边关，不能归来。诗人借助阔大、悠久的时空意象，表现战争给历代人民带来的痛苦和灾难，立意深远。

但使龙城飞将在，不教胡马度阴山

后两句诗人笔锋一转，由怀古转而述今，开始关注时事。倘若而今还有飞将军李广那样的名将，绝不许匈奴南下牧马度过阴山。“龙城”，一说即龙庭，汉时匈奴祭天与大会部族之地，故址在今蒙古人民共和国鄂尔浑河西侧的和硕柴达木湖附近；一说指卢龙城，在今河北喜峰口一带，为汉代右北平郡所在地，《史记·李将军列传》载："广居右北平，匈奴闻之，号曰汉之飞将军，避之数岁，不敢入右北平。"后一种说法较合理。

既然战争造成了影响无数普通士卒、民众的悲剧，那么，怎样来制止、结束这种悲剧呢？诗人希望有像飞将军李广那样的名将，率领广大战士打败敌人，夺取胜利，使敌人从此不敢再来侵犯。这两句融抒情与议论为一体，直接抒发戍边战士巩固边防的愿望和保卫国家的壮志，洋溢着爱国激情和民族自豪感。诗句写得气势豪迈，铿锵有力，掷地作金石声。同时，这两句又语带讽刺，表现了诗人对当时朝廷用人不当和将帅腐败无能的不满，弦外之音，耐人寻味。

清叶燮《原诗》中论七绝，首推李白与王昌龄，认为"李俊爽，王含蓄"。结合本诗后两句，可具体领略王昌龄七绝这种含蓄的特点。同样是批判时政，诗人并非直刺朝廷用将非人，而是以述志的方式，委婉地表达不满。同时，这两句也表达了诗人纵使暂时不得志，但依然不屈，时时等待着为国效力、立功塞外的豪情。有了后两句，便使全诗洋溢着昂扬的格调。清黄生选评的《唐诗摘钞》认为，中晚唐绝句中带有议论色彩的就不佳，这首《出塞》同样语涉议论，却仍不碍其为佳篇，这是因为其"风度胜"，"气味胜"。通篇来看，正是因为诗中深刻地包含了诗人对时事的感慨、批评和怀才不遇的惆怅，使得全诗的思想意蕴更为深厚。

评解

这首诗是王昌龄脍炙人口的名篇。明代李攀龙曾经推奖它是唐人七绝的压卷之作，杨慎编选唐人绝句，也列它为第一。当代诗人公刘曾将此诗翻译成白话版本："想必秦卒像我也曾将明月痴看/想必汉兵像我也曾对边关嗟叹/家山一别啊已经是迢迢万里/团圆无望啊都只为连年苦战/要是卫青和李广今天还立马阵前/手执干戈的军士们又能个个争先/上下齐心就成了一座真正的长城/怎么会让敌人的铁蹄来踏过阴山。"

清人沈德潜在《说诗晬语》中云："'秦时明月'一章，前人推奖之而未言其妙。盖言师劳力竭，而功不成，由将非其人之故；得飞将军备边，边烽自熄，即高常侍《燕歌行》归重‘至今人说李将军’也。防边筑城，起于秦汉，明月属秦，关属汉，诗中互文。”他说李攀龙等人只知推奖此诗而未言其妙，但他自己也只是说明了全诗的主旨，并没有详细点出作者的匠心所在。这首诗中，王昌龄以汉代唐，将明月、边关与朝代相联系，加重诗中抒发感慨所带出的厚重历史感。诗人表面上替秦汉人民感慨名将不再，借以表达他对自己所处的时代边关战事的忧虑。诗中的“秦”“汉”可以泛指所有的前朝。诗人感慨深远，实际是在抒发他自己和当时民众对于和平生活的渴望。

出塞（其二）

骝马新跨白玉鞍，
战罢沙场月色寒。
城头铁鼓声犹振，
匣里金刀血未干。

题解

这首诗的作者到底是谁，前人有不同的说法。《全唐诗》将这首诗归在李白名下，而宋代严羽《沧浪诗话·考证》里认为，这首诗应该为王昌龄所作《出塞》（其二）。本诗通过描述战斗结束后的场面，展现了唐朝将士的豪迈气概和积极进取的精神。

出塞（其二） 诗意图 杨立对 绘

【句 解】

骝马新跨白玉鞍，战罢沙场月色寒

“骝马”，全身赤色而黑鬣黑尾的马；“白”，《沧浪诗话》所引作“紫”。本诗起句就描绘了一个勇武的将军形象：一番恶战之后，战场恢复了平静，这位将军骑跨着骝马，在月光下昂然挺立。联系《出塞》(其一)中“但使龙城飞将在，不教胡马度阴山”的诗句来看，这首诗里所描写的应该是一位奋勇杀敌、英雄无畏的将军形象。

月亮是边塞诗中最常出现的意境之一，往往借以表达将士思乡之情。《出塞》（其一）中，一轮圆月贯穿古今，统领秦汉至唐的悠长岁月。而在这首诗中，月亮则具体化为战场上空照着战士们的真实形象，并且被诗人赋予了“寒”的感受。作者把主观的感情投入到本身并无寒热之分的月亮之上，化客观为主观，使月光给人以寒冷孤寂的感觉。

城头铁鼓声犹振，匣里金刀血未干

城头上铁鼓的声音还没消散，刀鞘中的金刀上还流着敌人的鲜血。在上文的“月色寒”之后，全诗气氛为之一转。虽然激烈的战斗已经结束，诗中描写的是战后的情形，但从“犹振”、“未干”这样的字眼中，仿佛仍能看到骑马挎刀、飞驰杀敌的威猛将军形象。“铁鼓声”鼓舞了战士的士气，可以想见，当时的战斗场面是怎样气势宏大；而滴血的金刀，则表明战斗的惨烈程度。诗人截取的只是战后的一个瞬间，却给人们留下了无尽的想像空间，一种得胜后的酣畅淋漓之感油然而生。

如果说《出塞》（其一）是在呼唤如飞将军李广一般的将才的话，那么本诗恰如一种呼应。与“战士军前半死生，美人帐下犹歌舞”的腐化将军不同，本诗中描写的勇武善战的将军，让人看到了盛唐的恢宏壮观气象。

评 解

本诗仅截取战后的一个场面，就将人们带入了激烈、宏大的战争场面。全诗的整体画面是静止的，仿佛一幅远观的风景画。后两句把镜头拉近，那滴血的金刀和依然振荡的鼓声，仿佛正在讲述不久前发生的激烈战斗，一位奋勇当先的将军形象跃然纸上。故事在诗外，作者并没有对战争和将军做过多的描写，而是巧妙地把人们引入场景之中，让人们自己去想像、感受诗中所表现的场面与情感。这些细微之处的再现，使人萌发了蓬勃的斗志。

在王昌龄的时代，唐朝国力强盛，社会风气也高昂尚武。通过本诗所描写的场面，人们可以感受到唐朝将士的豪迈气概，体会到唐人积极进取的精神。建功立业，实现自我价值，是那个时代的主旋律。正是这种博大胸怀和进取精神，奏响了盛唐之音。

送郭司仓

映门淮水绿，
留骑主人心。
明月随良掾，
春潮夜夜深。

题解

本诗是一首送别诗。郭司仓，其人事迹不详。据《新唐书·百官志》，司仓是州刺史下属管粮的官，也被称为司仓参军。王昌龄的五绝虽然不如他的七绝那么超凡出众，却也写得别有风致。这首送别诗即景取象，将诗人的内在情感与外在的客观景物相对应，化抽象为具体，是深得诗家三昧的佳作。

送郭司仓 诗意图 张纯桂 绘

【句 解】

映门淮水绿，留骑主人心

“淮水”，即淮河，发源于河南桐柏山，经过今河南南部、安徽北部、江苏北部，注入长江。诗人与朋友郭司仓一起来到淮水边。春夜的淮水波澜荡漾，诗人再三挽留即将远去的友人。用“骑”指代郭司仓，“留”与“主人心”相应和，表达出作者对朋友依依不舍之情。

王昌龄一生交游很广，和许多文人、官吏、隐士和僧道都有来往。特别是在他两次遭贬、长年谪居的情况下，壮志未酬，亟需亲友的慰藉和温暖。他也把自己忠贞深沉的友情，献给了那些正直的知心朋友。他一生中写了几十篇送别诗，这些作品饱含忧国之思，表现了慷慨的气度，读完让人心生旷达之情。

明月随良掾，春潮夜夜深

然而客人难留，只有明月追随他而去。作者的思念就像淮水，夜夜春潮翻滚，不能平静。“掾”，古代州刺史下属官吏的通称，此处指代郭司仓。结尾一句和第一句照应，把离情别绪推向高潮。友人离去，诗人思念之情久久不能平静，就像春潮一样起伏不定。

这首诗半是实景，半是虚境；半是白昼，半是夜晚；半是相聚，半是分离。前后比照映衬，饶有意趣，显示出诗人技巧的纯熟与高超。后两句以“明月”反衬诗人内心的悲苦，以淮水之绿表现主人留客之心的殷切，以“明月”、“春潮”表现分别之愁。

作者将自身丰富的情感带入景物，让周围景物表达出自己的心情和思想。这种手法在王昌龄送别诗中很常见。从环境入手、将景色拟人化的写法，不止于王昌龄。李白有一首《闻王昌龄左迁龙标遥有此寄》：“杨花落尽子规啼，闻道龙标过五溪。我寄愁心与明月，随君直到夜郎西。”所写之情为别离，所借用之物也恰恰是“明月”。当然，李诗的情感要比王诗更加自由奔放，直接说出“我寄愁心”；而王诗并没有直接说明“明月”与自己心事的关系，只说它随朋友而去。这两首名篇让我们了解到，唐代诗人经常以明月入诗，以明月自比，以明月寄情。

评解

千百年来，故国乡土之思，骨肉亲人之念，挚友离别之感，牵动了无数人的心弦。“离别”成为中国古典诗歌中歌咏的重要内容。从《诗经》到汉乐府，从唐诗到宋元词曲，以至明清诗文，离别之情代代吟唱不尽，一如长江之水源远流长。在唐代，由于社会生活波澜壮阔，许多诗人的人生际遇跌宕起伏，使得“送别诗”成为唐诗中的重要组成部分。特殊的社会背景，富有时代特色的人格追求，又使得唐人的送别诗有独特之处。

王昌龄的送别诗表现手法是多种多样的。他的送别诗沿用其边塞诗的一贯风格，虽言送别，却丝毫没有戚戚切切的伤感。离别不言泪，遭贬不失志，没有低沉、哀伤，更没有自怨自艾。从他为数不多的送别诗中可以看出王昌龄的性情，他从不因分别而苦，而是借分手之际励志。这在一定程度上打破了送别诗的常规。他的送别诗，包括这首《送郭司仓》，都写得情感真挚，不落窠臼，格调尤其不同凡响，这使得他的送别诗形成了一种个人色彩鲜明、风格独特的创作风格。

同从弟销南斋玩月忆山阴崔少府

高卧南斋时，开帷月初吐。
清辉淡水木，演漾在窗户。
苒苒几盈虚，澄澄变今古。
美人清江畔，是夜越吟苦。
千里其如何，微风吹兰杜。

题解

从弟即堂弟。销，王昌龄的堂弟王销，事迹不详；斋，书房；山阴，今浙江绍兴。山阴在六朝时很繁华，魏晋风流在这里多有典故可寻。崔少府，即崔国辅，盛唐著名诗人，擅长五绝，开元中任山阴县尉；唐代称县尉为少府。孟浩然约在开元二十年（732）作有《江上寄山阴崔国辅少府》，王昌龄此诗大致也写于此时。

同从弟销南斋玩月忆山阴崔少府 诗意图　张明石 绘

【句解】

高卧南斋时，开帷月初吐

“我”和堂弟在南面书房高卧的时候，掀开窗帘玩赏天上那轮初升的月亮。“帷”，帘帐；《文苑英华》中“帷”作“帐”。开篇点出时间地点，但并不是简简单单地直接描述“我”在何时何地，而是拈出“南斋”、“帷”、“月”几个典型意象。南斋帘帐掩映，从屋内掀开窗帘看去，正好能够看到那轮刚刚升起的月亮。静中有动，动中有静，“开”字使画面活起来，也将室内与室外的景色勾连起来，让诗人随后的情思能够自然流畅的游走于内外。

清辉淡水木，演漾在窗户

淡淡的月光照在水上，照在树上，波光轻轻泛起，反射在书斋的窗户之上。“演漾”，水波缓缓流动的样子。上一句视线由屋内投向窗外，这两句继续对窗外景物进行描写。上一句提到了“月”，作者看见的月亮是什么样的呢？诗人说，这轮明月带着淡雅的光芒，照耀在窗外的水木之上。水清月明，水面就像一面镜子一样，将月亮的清辉反射在书房的门与窗上。

苒苒几盈虚，澄澄变今古

时光飞逝而过，这窗外的明月已经圆缺多次；清雅的月光千年依旧，而世事却已经变得完全不同了。“苒苒”，同“冉冉”，指时间推移。中国古代文学作品经常感慨人世变迁，从《诗经》到现代诗歌都不乏这类作品。大多数人在感慨之余，都会“劝君惜取少年时”，或是感慨时间如白驹过隙。王昌龄这首诗却没有感慨，只是简单的白描。这与其所处的盛唐时代有关。当时的唐朝可以算得上物阜民丰，国泰民安，唐太宗被少数民族尊称为“天可汗”。这一切都助长了当时诗人的豪情壮志，其代表人物自然是“斗酒诗百篇”的李白。与李白同时代的王昌龄自然也受到这种大环境的熏陶，他的边塞诗没有一味地抱怨边地苦寒，他的闺怨诗也没有一味地抱怨失宠，同样，他的送别忆友诗也没有一味地感慨身世飘零。可以说，这是整个唐朝鼎盛时期的思想潮流在王昌龄作品中的具体体现。

美人清江畔，是夜越吟苦

“美人”，让自己思慕的人，这里指崔少府。“越吟”，据《史记·张仪列传》，战国时越人庄舄仕楚，贵富而不忘故国，病中吟越歌以寄乡思，后来即用“越吟”指代乡思之情。令“我”思念的崔少府，今晚在清江畔，想必会如越人庄舄一样，饱受思乡之苦吧。这里用了王昌龄送别诗的一个典型手法，就是幻想并不能见面的友人此时此刻的所见所感。诗人设身处地代友人思考，看似有些主观臆断，但深入地想一想就可以知道，作者这样写，不仅仅是在设想崔少府的思乡之情，更是在抒发自己对友人深切的关心。这样描写，不仅深化了怀念朋友的主题，而且打破了时空和视野的界限，增加了诗歌的画面感，大有“精骛八极，心游万仞”之感。

千里其如何，微风吹兰杜

“兰杜”，指兰花和杜若，这两种植物都是香草，能散发出淡雅的芳香。虽然相隔千里，但诗人仍能感受到崔少府的友情，如同微风吹拂兰花和杜若，清香四溢。末句描写作者对朋友君子之交的态度，表现出一种既幽微淡远又坚定执著的友情。

评解

王昌龄的诗，被谈论最多的是七绝，而他的五古则没有受到太多重视。其实他的五古成就同样很高。明代胡应麟在《诗薮》中谈及王昌龄的五古风格时，称为“昌龄之神秀”。清代李重华《贞一斋诗话》则称赞“王龙标之幽”，施补华《岘佣说诗》则云：“孟浩然、王昌龄、常建五言清逸，风格均与摩诘相近。”他们把王昌龄与擅长五古的山水田园诗派诗人王维、孟浩然相提并论，认为其风格相近。由此可以看出，在众多盛唐诗人中，王昌龄五古作品的成就确实是很高的。

王昌龄诗大都以边塞诗和闺怨诗为题材，而这首恬淡悠远的五古，在他的诗集中显得风格尤为独特。整首诗笔不离月，景不离情，情景交融相济，意味深远，有极强的艺术感染力。

采莲曲（其二）

荷叶罗裙一色裁，
芙蓉向脸两边开。
乱入池中看不见，
闻歌始觉有人来。

题解

这首诗用南朝乐府《采莲曲》旧题，内容则本于梁元帝《碧玉诗》：“碧玉小家女，来嫁汝南王。莲花乱脸色，荷叶杂衣香。因持荐君子，愿袭芙蓉裳。”但两首诗的立意大为不同。王昌龄抛弃梁元帝诗中那种视女性为玩物的心理，专力描写江南采莲的场面和采莲女子的活泼可爱，画出一幅生动的江南水乡风俗图。这首诗清楚地表现了王昌龄对齐梁诗歌既有继承又有变革的态度。

采莲曲（其二）诗意图　温国良 绘

【句 解】

荷叶罗裙一色裁，芙蓉向脸两边开

碧绿的荷叶与绿罗裙一色，粉红的荷花与少女红润清丽的脸庞相映媲美，构成了人花一体的优美意境。这首诗不但承袭乐府古题，而且诗本身也确实带着浓厚的民歌风味。王昌龄以女性为题材的诗作中，很少对女性容貌进行具体描写，“芙蓉向脸”一句是例外。前人评此诗时说：“‘向脸’二字却妙，似花亦有情。‘乱入’、‘不见’，‘闻歌始觉’，极清丽。”（清黄叔灿编《唐诗笺注》）中唐诗人刘禹锡在《采菱行》中对采菱女也有妆容描写：“长鬟弱袂动参差，钗影钏文浮荡漾。”刘禹锡诗中注重对女子饰物的描写，而本诗中王昌龄的描写重心则全在于采莲女自身的天然风骨。崔护《题都城南庄》诗中的“人面桃花相映红”与此类似，所谓不言富贵，自在风流。

乱入池中看不见，闻歌始觉有人来

前两句说“荷叶”与采莲女的“罗裙”颜色相同，少女的容色与粉红的荷花也相近。正因为有了这个前提，才会出现第三句中“乱入池中看不见”的精彩描写。漫天的荷叶遮蔽着采莲女的身形，与自然环境相近的服色让人眼神迷乱；直到听见了采莲女的歌声，才辨出她们所在的方位，知道她们已经来到近旁。“用意之妙，读者皆草草看过了”（明瞿佑《归田诗话》卷上）为一片错杂难辨的碧绿、粉红所迷惑的双眼，本来是看不见采莲女们的身影的。忽而“闻歌”，方知“有人”；明明知道人在近旁，其人却又仍然掩映于荷叶荷花之中，虽然闻歌，而不得见她们的身姿面影。“乱”、“看”、“闻”、“觉”四个词，从视觉，听觉和感觉三个方面进行参差错落的描绘，这种手法显然比直接对采莲女的衣貌特征进行描写更为高明。

评 解

采莲女是众多诗人歌咏的对象。在不同诗人的笔下，她们呈现出不同的风姿。这是由于作为审美主体的诗人在审美时心理感情状态各异，感知事物的方式不同，故而对事物特征的选择与把握也不同，从而产生特殊的审美感受。如果把这首诗与南朝乐府《采莲曲》中对少女的描写相比，可以说两者

手法不同，所描写的采莲女性格亦有异。从手法来看，南朝乐府采用白描，而王诗则用映衬手法。从采莲女的性格来看，王诗中采莲女的性格更加活泼，诗人对其性格的表现也更为精巧。

中国古代诗歌中的女性形象，往往兼具两种角色，一种是性别意义上的女性，一种是作为社会意义上的艺术表现形式。唐代以前的诗歌中，把女性作为真正独立的人去表现的作品并不多。这种情况到了唐代才有所改善。王昌龄、李白、王维等都写了众多涉及女性题材的作品。根据诗中所描写女性的社会地位，大致可以分为宫女诗、贵族妇女诗和民间女子诗。王昌龄所写的这首《采莲曲》算是第三种。这类诗歌将刻画女性的背景从室内转向室外，移植于广阔的大自然之中，场景也由静态转向了动态。

王昌龄写的另一首《采莲曲》云："吴姬越艳楚王妃，争弄莲舟水湿衣。来时浦口花迎入，采罢江头月送归。"说"花迎入"、"月送归"，仿佛采莲女就是大自然的一部分。这种天人合一的和谐状态，在本篇也得到了强调。如果把这首诗看作一幅《采莲图》，画面的中心自然是采莲少女们。但诗人却自始至终不让她们在这幅活动的画面上正面显现，而是让她们夹杂在荷叶、荷花丛中，若隐若现，使少女之美与大自然之美融为一体，仿佛她们就是自然之美的化身。全诗别具一种引人遐想的优美意境。诗人将采莲少女的艳丽、活泼写得朦朦胧胧，令人回味不尽。

春 宫 曲

昨夜风开露井桃，
未央前殿月轮高。
平阳歌舞新承宠，
帘外春寒赐锦袍。

题解

本诗以汉喻唐，表面讲述汉武帝宠幸卫子夫、遗弃陈皇后的一段情事，暗讽天宝年间唐玄宗专宠杨玉环，淫佚无度。此诗以宫怨方式讽刺当朝之事，从一个失宠宫人的角度，对新人受宠的场景进行描绘。

春宫曲 诗意图 张明石 绘

【句 解】

昨夜风开露井桃，未央前殿月轮高

古时在井台上多建筑井亭，以保护水井不受污染。“露井”，就是没有井亭覆盖的露天的井。“未央”，宫殿名，汉代未央宫故址在今西安西北长安故城内西南隅。唐代也有未央宫，在禁苑中，唐末毁于战火。汉、唐都有未央宫，诗人借此巧妙地实现了借汉喻唐的诗旨。“月轮高”，表明连明月也偏照得宠之人，语含忿怨。

本诗通篇都是失宠者对“昨夜”的追述之词，叙春宫中未承宠幸的宫人的怨思，从而讽刺皇帝沉溺声色，喜新厌旧。这是一种言近旨远的艺术手法。宫人长久地盼望着，又在盼望中不断失望，她们在感叹自己命运不幸的同时，又艳羡他人的得宠。

王昌龄所写宫怨诗的背景多在夜间，并且宫女都在一个封闭的空间里活动，意境更显得凄清。这两句以大自然的静谧、安详来衬托宫女心中郁积的苦衷，文笔严厉，语言凝练，情韵深长。诗人一方面表现宫女的处境，一方面又寄寓讽喻之意。诗人恐怕也有借女子不遇其主的失意，来抒发自己不得志于君王、又恋恋不舍的心境。

平阳歌舞新承宠，帘外春寒赐锦袍

“平阳歌舞”，用汉武帝与卫子夫的故事。卫子夫原本是汉武帝的姐姐平阳公主家中的歌女，因容貌妙丽，善于歌舞，被汉武帝看中，召入宫中，受到宠幸。卫子夫所生的儿子成为太子后，母凭子贵，卫子夫也成了皇后。“新承宠”，《全唐诗》中作“承新宠”。一个“新”字，包含了无限“但见新人笑，那闻旧人哭”的悲哀。“帘外春寒赐锦袍”，白居易在《长恨歌》中，也曾提到过类似的细节，所谓“春寒赐浴华清池，温泉水滑洗凝脂”。帘外的寒冷，恰与“赐袍”这一动作相呼应。也有人认为，帘外的春寒只是一个“赐袍”的托辞，是站在失宠者的角度想像出的场景，失宠者想像着得宠新人所受的恩赐，越发愁绪满怀。这些地方，体现出王昌龄七绝诗“深情幽怨，意旨微茫，令人测之无端，玩之不尽”的特色。

评解

此诗“只说他人之承宠，而己之失宠，悠然可思。此求响于弦指外也”（清沈德潜《唐诗别裁》）。前两句写时气已暖，夜间春风吹开桃花。一则表明女主人公长夜难寐，再则以他人得意欢乐，反衬她自己的失意孤寂。后两句见出天子对新宠的宫人体贴惟恐不及的情状。虽当春暖花开，天子却生怕新人受寒，特赐锦袍。

本诗语言委婉含蓄，只从侧面映衬，宫人失宠的幽怨已昭然可见。清代王夫之认为，宫怨艳情诗题材有描述欢好时光的，也有陈情怨恨的，即使是《诗经》，也不能避免这样的内容出现。他对此持批评态度。但他又认为，王昌龄笔下的宫妇没有其他诗人所描写的那样妖冶哀怨，认为此诗“皆艳极而有所止”、“婉娈中自矜风轨”（《薑斋诗话》卷下），形象中正，温柔敦厚，深得《诗经 · 国风》之精髓。

西 宫 春 怨

西宫夜静百花香，
欲卷珠帘春恨长。
斜抱云和深见月，
朦胧树色隐昭阳。

题解

“西”，《全唐诗》作“空”。这首诗是以盼望君王为主调的。诗人通过景物描写和人物动作，将人物内心的“怨”含蓄地加以表现。这首诗被称为“盛唐佳制”，读者从中可以体味盛唐诗歌的含蓄之妙。

西宫春怨 诗意图　张明石 绘

【句解】

西宫夜静百花香，欲卷珠帘春恨长

首句点明季节，交代时间。这是一个花气袭人的春夜。百花盛开的季节，又值此良宵，这位女子本应尽情欣赏美好春光的，然而“欲卷珠帘春恨长”，她害怕那带着花香的春的气息，会触动自己凄凉寂寞的心事，平添烦恼。春色、花香都是美好的景象，而诗中人却满腔“春恨”。明人陆时雍在《诗镜总论》说：“王龙标七言绝句，自是唐人《骚》语，深情苦恨，襞積重重，使人测之无端，玩之无尽。”

斜抱云和深见月，朦胧树色隐昭阳

良辰美景当前，闷坐在垂帘之内的女主人公却感到时间难熬，寂寞难耐。她将琴抱在胸前，凝望着夜空出神。“云和”，《周礼·春官·大司乐》记载“云和之琴瑟”，郑众注认为“云和”为地名，郑玄注则认为是山名，后世用“云和”作为琴瑟的代称。“深”，《全唐诗》作“浑”。明人谭元春在《唐诗归》中说：“‘斜抱云和’，以态则至媚，以情则至苦。”诗人抓住这个不经意的动作，巧妙地揭示出宫女痛苦、微妙的心情。

在朦胧月色下，她隔帘凝望那隐隐约约的昭阳宫。“昭阳”，本是汉代的宫殿名。据《汉书》记载，汉成帝立赵飞燕为皇后，后来恩宠减退，其妹赵合德则承宠，受封昭仪，住在昭阳宫。所以这里以昭阳宫指受宠者所居之处。这也正是女主人公产生幽怨的源头所在。西宫与昭阳宫相隔甚远，更何况是在幽深夜色之下，她所能望见的，只是朦胧隐约的树影。这也暗示她的希望是那样渺茫，更加说明她处境的可悲。诗中人想把怨情倾往昭阳宫，但昭阳宫她却望都望不见，“深”字、“隐”字，既是写景，也是在写她的幽怨。因为“深”才越发显得“朦胧”，越发显得恍惚，增添情致。

评解

这首诗以花月为背景，描写一位宫女形单影只、百无聊赖地消磨时光的画面。前人曾将这首诗与李白的《长门怨》进行对比，认为李白所写之意尽在诗中，而这首诗的意蕴则在诗外。李白长于写景，王昌龄则善于抒情，所谓“王宫词乐府，李不能为”。王昌龄宫怨诗在情的表达和抒发上，与其边塞诗有共通之处，以含蓄为宗。含蓄是王诗的一个整体特点，言情而不直露于字面，而是通过对景物、环境、行为的一系列描写，让读者揣摩诗中滋味，“不言怨而怨自深”。

长信秋词（其一）

金井梧桐秋叶黄，
珠帘不卷夜来霜。
熏笼玉枕无颜色，
卧听南宫清漏长。

题解

王昌龄的籍贯、生卒年及其他重要的生平事迹资料很少，且记载不一，因此他的作品大都无法编年。五首《长信秋词》写于何时，亦难以确知。根据新旧《唐书》本传及近几年有关论著的推考，大致可知这组诗可能写于天宝年间（742—756），诗人被贬为龙标尉之前。

长信，原是汉代宫殿名，太后所居。《三辅黄图》记载："长信宫，汉太后常居之……后宫在西，秋之象也。秋主信，故宫殿皆以长信、长秋为名。"西汉成帝时，雁门郡楼烦（今山西楼烦）班况之女被选入宫为婕妤，史称班婕妤。班婕妤曾被宠信，自赵飞燕入宫后，她日渐失宠，又惧怕被谗言诬陷，遂主动请求到长信宫侍奉太后。乐府诗中《婕妤怨》、《长信怨》等均吟咏此事。《长信秋词》亦是与此有关的一组宫怨诗。

长信秋词（其一） 诗意图 萧惠珠 绘

【句 解】

金井梧桐秋叶黄，珠帘不卷夜来霜

宫人虽然过着衣食无虑的生活，人格与人身自由却受到极大的限制和摧残。她们中能够真正受到君主宠爱的毕竟是少数，而这种宠爱又极不稳定。宫人很容易陷入色衰被弃、秋扇见捐的命运。在这个不眠之夜里，主人公忧思如潮，愁肠似结。她的满腔怨情该是倾吐不尽的，但是诗一开篇却并没有去写她愁肠百结的心事，而是以井边梧桐深秋叶色枯黄来点破诗题，把读者带到萧瑟凄凉的秋景之中。大自然的枯黄落叶，也暗喻宫女年老色衰。“珠帘不卷夜来霜”一句，则进一步指出时间已是夜深霜降之时，表明宫人忧怨难眠。

熏笼玉枕无颜色，卧听南宫清漏长

至第三句，诗人把视线由室外转向室内。“熏笼”，又叫“薰笼”，由薰炉和罩在外面的笼子组成的一种器具，通常用在秋冬季，用来薰香、烘干衣被以及取暖。“玉枕”使人联想到床上不眠之人的孤单。“无颜色”三字，既是实写，又是虚写。从实写的角度来看，说明这是一个冷宫，所用器具都已陈旧无光；深夜时分，炉火、烛光都已微弱，器具显得更加暗淡。从虚写角度考虑，这句暗示这位宫女正如同这些暗淡无光的器物一般，年长色衰，失去光彩。她的内心也早已失去热情，变得冰冷。看到末句“卧听”之时，回过头来看前三句，才知道作者是遥遥着笔、逐步收缩的。诗中孤眠不寐之人借以打发时光的，是聆听那一声声凄清、悠长的更漏。全诗没有一个“怨”字，而宫女心中浓重的失望，无限的哀怨，却充溢于字里行间。

评解

王昌龄的宫词共八首。其中《西宫春怨》、《西宫秋怨》和《长信秋词》其一、其二是一种写法，单方面描写宫人对君王的思念。《长信秋词》其三、其四、其五以及《春宫曲》则是另一种写法，通过对比描写来表现宫人对君王的思念。前者可谓“哀而不怨”，后者可谓“怨而不怒”。

作品的内容属于传统题材。但同样是“宫怨”题材，与前人字字怨情的描述相比，王昌龄更注重通过对比来表现主人公的心境，因而更具艺术感

染力。通过对种种事物的比较描写，他的宫怨诗给读者留下这样一种鲜明印象：宫人失宠，并非由于帝王勤于理政而不近女色；又有宫人新得宠，则恰恰说明君主溺于声色而又喜新厌旧。

长信秋词（其三）

奉帚平明金殿开，
且将团扇共徘徊。
玉颜不及寒鸦色，
犹带昭阳日影来。

题解

清代王士禛在《唐人万首绝句选》里，推出四首作为唐人绝句的压卷之作，这首就是其中之一。唐玄宗于天宝四载（745）册立杨玉环为贵妃，王昌龄这首带有深刻讽喻性的宫怨诗，可能就作于这个时期。

长信秋词（其三） 诗意图 萧惠珠 绘

【句 解】

奉帚平明金殿开，且将团扇共徘徊

南朝梁代柳恽《独不见》诗：“奉帚长信宫，谁知独不见。”吴均《行路难》之五：“班姬失宠颜不开，奉帚供养长信台。”本诗首句取意于上述前人之作，并有所发展，意思是嫔妃失宠后，天一亮就要起身充洒扫之役。“团扇”，相传班婕妤失宠后居住在长信宫中作了一首《怨歌行》：“新裂齐纨素，鲜洁如霜雪。裁为合欢扇，团团似明月。出入君怀袖，动摇微风发。长恐秋节至，凉飙夺炎热。弃捐箧笥中，恩情中道绝。”秋凉后凉扇就被弃置不用，比喻妇女被抛弃。秋天的团扇正是班婕妤命运的象征，虽然在夏天“出入君怀袖，动摇微风发”，可是到了秋天就被弃之不理。“徘徊”，这里可引申为心神不定，说明她只能与被弃的团扇为伴，精神痛苦。

玉颜不及寒鸦色，犹带昭阳日影来

更令她伤心的是，丑陋的乌鸦尚且能够得到象征君王恩泽的阳光，而她自己深居长信宫中，虽有洁白如玉的容颜，却不得晤君一面，实在悲哀。清人沈德潜在《唐诗别裁》中评论说：“昭阳宫，赵昭仪所居。宫在东方，寒鸦带东方日影而来，见己之不如鸦也。优柔婉丽，含蕴无穷，使人一唱而三叹。”李白的两首《长门怨》诗的后两句与王昌龄《西宫秋怨》诗末句“空悬明月待君王”一样，都出自司马相如《长门赋》“悬明月以自照兮，徂清夜于洞房”。但王诗中的主角在愁怨中仍然希冀得到君王的宠幸。俞陛云则在《诗境浅说续编》中说：“后二句言，空负倾城玉貌，正如古诗所谓，时薄朱颜，谁发皓齿。尚不及日暮飞鸦，犹得带昭阳日影，借余暖以辉其羽毛。渊明赋《闲情》云，‘愿在发而为泽，愿在履而为丝’。夫泽与丝安知情爱，犹空际寒鸦安知恩宠。以多情之人，而不及无情之物。设想愈痴，其心愈悲矣。”

评 解

这首诗在王昌龄的宫怨诗中最有名。作者在诗中充分展示了他善用对比手法的特点。前两句是人和团扇比：女主人公未弃团扇，故而与之“共徘徊”；而君主已弃她，故而唯有团扇与她“共徘徊”。两相比较，人的命运

还不如团扇。这和“剔开红焰救飞蛾”（张祜《赠内人》）用意类似。表面上不点破主人公的心理活动，但其心中所感所怨已尽现。后两句用玉颜和寒鸦对比。

唐代诗人孟迟有一首题材相似的《长信宫》：“君恩已尽欲何归？犹有残香在舞衣。自恨身轻不如燕，春来还绕御帘飞。”两相比较，可以发现它们之间的差异。两诗都用深入一层的写法，不说己不如人，而叹人不如物，这是相同的。但燕子轻盈美丽，与美人相近；而寒鸦则丑陋粗俗，与玉颜反差极大，两者对比，给人印象也更加鲜明深刻，“尤觉悲怨之甚”。王诗的比喻，显得更为深刻和富于创造性。其次，孟诗说自恨不如燕子之能飞绕御帘，诗意一览无余；而王诗写寒鸦犹带日影，既实写景色，又以日影暗喻君恩，多一层曲折，含意更为丰富。

王昌龄的宫怨诗，有一个鲜明的思想倾向就是“怨而不怒”。这些诗中的妇女形象，尽管遭受了巨大的痛苦，有无限的悲哀和郁闷，但她们只是默默承受，暗自悲戚，或是一往情深地痴心等待。诗人作为一个须眉男子，心怀大志，力图报效国家，为何如此频繁地描写宫女的春恨秋怨呢？从其吟咏手法和主题可以知道，这些宫词显然不是“兴到之作”，也不太可能全是为了揭露封建宫廷制度的罪恶。

前代读者和评者认为，这些诗极可能是为了表达作者本人的一种政治寄托。“怨而不怒”正是儒家诗教的创作原则，也是评论诗歌的准则。王昌龄信仰儒家兼济天下的政治理想，尊奉温柔敦厚的诗教思想，再加上他个人的身世、性格方面的原因，使其诗歌创作显出“怨而不怒”的思想倾向。明人高棅《唐诗品汇》中引南宋谢枋得（号叠山）之语云：“此篇怨而不怒，有风人之义。”

青楼曲（其一）

白马金鞍从武皇，

旌旗十万宿长杨。

楼头小妇鸣筝坐，

遥见飞尘入建章。

题解

《青楼曲》属唐人所制乐府新题。此处“青楼”指美人所居之楼，古代显贵之家楼房多饰以青色，故称青楼。王昌龄描写女性的诗大约有二十多首。据诗中所写女性的社会地位，这些诗可分为宫女诗、贵族妇女诗和民间女子诗等类型。《青楼曲》是典型的贵族妇女诗，写出了贵族少妇夫贵妻荣、自矜得意的形象。

青楼曲（其一）诗意图　王赫赫 绘

【句解】

白马金鞍从武皇，旌旗十万宿长杨

“武皇”，指汉武帝，盛唐诗人每以之拟唐玄宗。“长杨”，宫名，故址在今陕西周至县东三十里处，原本是秦国旧宫殿，汉代修整后作为皇帝行宫。因为宫中有数亩垂杨，便以长杨为名。长杨宫是西汉皇家射猎、校武的场所。此处以长杨指代唐宫，下面的“建章”也是如此。

一个跨坐在佩戴金鞍的白马上的将军，带领十万大军浩浩荡荡地行进在长安大街上。诗篇一开头就带人们进入一个动态场景。行进的大军中，白马金鞍的将军形象格外突出。虽然没有对人物的更具体描述，但不难想像，此时这位将军必然是意气风发、精神抖擞的。这种开门见山的场景描写让人们不禁生出好奇：这样热闹而壮丽的场面，究竟是发生了什么事情呢？

楼头小妇鸣筝坐，遥见飞尘入建章

“建章”，汉代宫名，在长安城外，未央宫西。大道旁的一个角楼上，一个贵族少妇正在弹奏银筝，遥遥地看着队伍行进。联系上两句，整首诗如同电影里的镜头切换一样：先是规模宏大的大军行进场景，尘土飞扬，军威雄壮；然后镜头切换，推近，少妇悠闲地弹着筝，看着这威武之师。也可以说，读者是借弹筝少妇的眼，看到了军队的行进。

诗中这两个场景之间有什么联系呢？《青楼曲》（其二）云：“驰道杨花满御沟，红妆漫绾上青楼。金章紫绶千余骑，夫婿朝回初拜侯。”原来，这是一支得胜还朝的大军，许多将士都受到封赏；而马上的将军，就是这位少妇的丈夫，他得胜初回，已封侯拜爵。明白这样的情况再回头看《青楼曲》（其一）诗，更添一分韵味。少妇楼头小坐，看似悠闲无事，其实她心中异常激动，喜悦之情难以言说。夫君平安归来，且青云直上，读者仿佛听到了筝声中传递出来的欢快之情。诗人没有进行任何心理描写，也无一处提到诗中人物的心情，但读者可以感受到那油然而生的一种乐观、向上的心情。这种写法，正是王夫之在《薑斋诗话》里所说的“善于取影者也”。白马金鞍，可见少年得意之情，鸣筝独坐，又能知闺阁中情思。然而这两者却只以“遥见”二字相连，无怪乎《唐诗笺注》称：“正如迦叶拈花，世尊微笑，说破便不是。”

评解

这首诗主要展现两个场景，一是白马金鞍将军率领的威武之师还朝，一是少妇在楼头弹筝而坐。前者热烈壮丽，后者端庄平静。这两个不同的场景被诗人组织在一个画面中，相互映衬，对比强烈。将士们得胜还朝，皆受封领赏，这是鼓舞人心的盛世景象。从少妇的夫婿凯旋封侯，折射出唐代前期国势的威赫强大。从少妇一面讲，企盼夫婿报国杀敌，建功立业，也反映了唐代鼎盛时积极上进的气度，有别于其他时代。唐代前期，统治者吸取西晋以至南北朝时期国家长期分裂的痛苦教训，整军经武，保持了国家的统一与强盛。在这样一个盛极一时的封建帝国里，尚武成为社会风尚。在本诗中，这种为国立功的光荣感从征人之妻的神态中很自然地流露出来，反映了盛唐社会生活的一个侧面。

浣 纱 女

钱塘江畔是谁家？
江上女儿全胜花。
吴王在时不得出，
今日公然来浣纱。

题解

《浣纱女》，唐乐府曲名。唐代诗歌创作繁荣，以女子为题材的诗歌数量也很多，其侧重点不一。相对于宫女、贵族妇女来说，本诗所描述的民间女子更为活泼、清新、自然，更具女性本色。

浣纱女 诗意图 徐震时 绘

【句解】

钱塘江畔是谁家？江上女儿全胜花

“全”，《万首唐人绝句》作“金”，似为“全”之误。钱塘江畔到底是谁家呢？那些江上浣纱的女子，个个都比鲜花还要美。全诗以设问开头，借以表达这些女子的美貌带给人的冲击与喜悦之情。与诗中的女子一样，诗句本身也并无多余的修饰，清新自然。民间女子青春、美丽，充满活力。她们的生活单纯而快乐，劳动也充满乐趣。将她们放入大自然的背景中，呈现出的是人与自然的和谐，她们的一举一动都呈现出独特的美感。这样美貌的女子在江边劳动，展现出一幅充满生活气息的美好画卷，自然会带给人喜悦的心情。天然纯洁，正是王昌龄对于民间妇女的精神概括。

吴王在时不得出，今日公然来浣纱

“吴王”，即春秋时吴王夫差，这一句借用西施入吴宫的典故，以西施喻江上女儿。这些女孩子们也有西施一般的美貌，但是现在她们不用害怕被人献给夫差这样的敌国君主，可以大胆地在江边浣纱。“公然”二字，既像是慨叹历史上西施的悲惨遭遇，又像是赞叹现在的幸福生活，写足了那一份感慨与欣慰，真是“似恨似幸”。在战乱年代，女子的美貌往往意味着灾祸，会被当权者当作筹码和礼物献出去，以此换得各种各样的利益。而在唐代前期这样政治稳定、社会平和的盛世，她们才可以过安定的生活，自由自在地活动。正是因为心里安稳平和，才有了外在的洒脱。

评解

在王昌龄描写宫女、贵妇、民女三种类型的女性题材诗中，他分别抓住了这三个阶层女性的特点，加以传神的刻画描写。具体到民间女子题材，诗人所要传达的就是其真、纯、美。《采莲曲》、《越女》等都表现了民女的幸福感受与快乐之情。

诗人在描写民间女子时，背景往往是大自然的江边、野外，在这样广阔的场景中去表现她们最自然的一面。写作手法清新活泼、略带夸张；感情则自然流露，不加修饰。这与他写宫女、贵妇题材时的含而不露，恰成鲜明对比。在诗人笔下，不论是浣纱还是采莲，这些劳作并不是辛苦的事，而是情趣盎然，充满了生活的朝气。联系作者本人的经历，他体验过塞外游历、职位迁谪等不如意的事情，见识过战场的残忍和士兵的疾苦。这样美好自然的民间女子诗所表现的，其实是一种理想化的世界，诗中寄托了诗人对美好纯真理念的追求。

闺 怨

闺中少妇不知愁，
春日凝妆上翠楼。
忽见陌头杨柳色，
悔教夫婿觅封侯。

题解

闺，闺中楼阁，指妇女所住的内室。这首诗写春闺少妇相思离别的怨情，细腻而含蓄地描绘贵族女子的心理状态及其微妙变化，是素负盛誉的佳作。

闺怨 诗意图　吕士荣 绘

【句 解】

闺中少妇不知愁，春日凝妆上翠楼

闺阁里的这位少妇，仿佛一点也不知道什么是忧愁。在美好的春日里，她浓妆艳抹，走上自家青色的高楼。“翠楼”，即青楼。第一句点出“不知愁”，似乎有些突兀，与题目“闺怨”不符。其实，这正是为下面的“悔”做铺垫。第二句紧接着用春日登楼赏景的行动，具体展示她的“不知愁”。女主人公初为人妇，正值青春年少，还沉浸在少女时代无忧无虑的心态中。她还没有经历什么生活的磨难，难以体会夫妇的离别之苦。当时，大唐帝国国力强盛，从军远征、立功边塞是很多人追求的理想。正如《青楼曲》(其二)中那位少妇，“夫婿朝回初拜侯”也是本诗中这位少妇所幻想的美好前景。

本是写闺中之怨，但偏从无怨写起。而这两句写少妇不知愁，正是为下段青春虚度的怨旷心理蓄势。在这个心理转折过程中，“春日凝妆上翠楼”是关键的一笔，既是前面“不知愁”的果，又是后面“杨柳色”的因。有了这句，末句凸现主旨，才显得深刻而又自然。

忽见陌头杨柳色，悔教夫婿觅封侯

天气撩人，暖风徐徐。少妇忽然望见了那田头路边的杨柳颜色，只是在这时候，她才感到后悔，不该让夫婿去求取封侯。柳与“留”谐音，古人有折柳赠别的风俗。“昔我往矣，杨柳依依”（《诗经 · 小雅 · 采薇》），婀娜多姿的杨柳，总是与离别相思紧密关联。第三句是全诗的转折点，清代徐增撰《而庵说唐诗》中说，这一句中“用‘色’字妙。柳色自黄而绿、绿而青，犹女儿时面色黄，妇人面色红洽也”，形象地将杨柳色与妇人面色联系、对比起来。

王昌龄诗注重构思和立意，“忽见”二字陡然一转，全诗的情调也随之改变。杨柳飘飘，春色恼人，眼前的美景触动了少妇送夫从军的往事。心爱的人已经远隔千里，眼前的美景已无人共赏。想起这些，她刚才的欢乐心情马上荡然无存。对往昔幸福生活的回忆，徒增眼前的悲伤。“忽见”二字，表现的是一刹那的感触，先前轻松愉快的心情一下子跌落了。

末句一个“悔”字，用得不失本意而又曲折动人，借用苏轼的一句评语，就是“反常合道”。这个“悔”字，道出了少妇对从军远征的丈夫的思念之切，怨怅之深。诗人对无休止的战争的批判态度，也就通过这个满怀春

愁的少妇形象曲折地表现出来了。近人刘永济《唐人绝句精华》对此诗有这样的评论："诗人笔下活描出一天真'少妇'之情态，而人民困于征役，自在言外，诗家所谓不犯本位也。"

"悔教"写得既肯定又含蓄：肯定的是悔的感情，使"闺怨"的主题浮现；但表达的手法却含蓄别致。题目是"怨"，诗中却没有说她怨丈夫不归，而是怨自己不该支持他去。诗中只写了后面一层意思，但前面一层也就含蓄自然地表达出来了。这种迂回的表达方式，反而加强了表达的效果。少妇刚刚被陌头柳色触动思念，诗人就敏感地抓住这一点，并通过想像将其放大。由于作者独具匠心的艺术创造，这首诗成功地取得了色彩鲜明、情感真挚的艺术效果。

评解

这首诗被清代黄生的《唐诗摘钞》推为闺情之作第一。明人顾璘在《批点唐诗正音》中则评其为"绝句中之极品"。苏轼《答谢民师书》中说"求物之妙，如系风捕影"，说的是要善于捕捉住富有含蕴的瞬间来表现人物情感。这首诗的成功之处，就在于抓住了少妇刹那间的感触，并把它委婉含蓄地表达了出来，极为细致生动地刻画出她的心理状态。

这首诗的独到之处，还在于其前后两层意思的转折之妙。题称"闺怨"，一开头却说"闺中少妇不知愁"，诗人这样写，正是为了表现这位闺中少妇从"不知愁"到"悔"的心理变化过程。她少不更事，生活优裕，不知道生活的艰辛，自然无忧无愁。而在时代风气的影响之下，支持丈夫"觅封侯"似乎也不应该是她愁的理由。她似乎是一个对生活、对前途充满乐观展望的少妇。她盛妆登楼，本是要好好享受一番明媚春光的。但陌头杨柳春色，却触动了她青春易逝的意识，惹起她一腔幽怨；突然之间，她的心理就发生了急剧变化，转为"悔"、"怨"。明周珽编《唐诗选脉会通评林》中，将这首诗与《诗经》中思妇主题的名篇联系起来："因见柳色而念及夫婿，《卷耳》、《草虫》遗意，得之真乎！从来无人道得。"

观 猎

角鹰初下秋草稀，
铁骢抛鞚去如飞。
少年猎得平原兔，
马后横捎意气归。

题解

唐诗中有不少描写打猎场景的诗篇。本篇与王维的《观猎》、张祜的《观魏伯何相公猎》等，都是其中优秀的篇章。本诗巧妙而传神地表现了射猎者的高超技艺，并流露出惊叹与赞美之意。

观猎 诗意图 许甫金 绘

【句 解】

角鹰初下秋草稀，铁骢抛鞚去如飞

诗人入题先不写射猎之人，而是从帮助其捕猎的“角鹰”、“铁骢”写起。“角鹰”，据宋代陆佃《埤雅》记载：“鹰鹞顶有角毛微起，通谓之角鹰。”古人素来有用鹰鹞作为捕猎帮手的传统，类似猎犬的作用。唐诗的很多篇目中都有对猎鹰的描写，王维《观猎》诗中就写过“草枯鹰眼疾”。无论是王昌龄的这首《观猎》，还是王维的那首《观猎》，时间背景都在秋天。秋天虽然草木凋零，却也是收获的季节，野外有各种动物为了储存过冬的食物而忙碌。这个季节的猎物最是丰盛肥美，所以秋天是猎人们竞相出击的好时节。“铁骢”中的“骢”，指毛色青白相杂的马匹，“铁”则用以形容其劲健身姿。“鞚”，这里指带嚼子的马笼头；“抛鞚”，就是放松马的缰绳，纵马飞奔。诗人通过对这些射猎所需事物的描写，侧面表现射猎者的英姿：正是因为有这样的雄鹰和骏马，更衬托出秋猎少年的英武、雄健。

少年猎得平原兔，马后横捎意气归

“横捎”，将猎物放在马后。“后”，《全唐诗》中注说一作“上”。与王维《观猎》中的将军和苏轼《江城子》中“聊发少年狂”的“老夫”不同，王昌龄笔下的这位“少年”，还没有过太多的人生阅历。他“意气”风发，技艺高超，正如囊中之锥，等待着出头之日。秋猎的飒爽英姿和“战绩”，只是他初出茅庐的牛刀小试。

开元末年至天宝时期，唐王朝周边战事频繁，其中不少是玄宗君臣和贪功边将好大喜功的结果。正直的士人对此深表忧虑和不满。王昌龄自己就深入过西北边塞，对唐王朝的边防政策和边防形势都有深刻的了解。他在《塞下曲》中说“莫学游侠儿，矜夸紫骝好”，对洋洋自得的游侠持否定和批判的态度。那么为什么在这首诗中，作者又饱含激情地对秋猎少年进行如此详尽细致的刻画呢?

综合王诗总体来看，这样的描写并不矛盾。在边塞诗篇中，他既歌颂了边塞绮丽迷人的奇特风光，也道出天气苦寒、将士难挨的苦楚；既歌颂历代名将和著名战役，也描写了还乡老兵的孤独、戍守征人的思念；既赞美边将勇猛破敌、誓卫国土的气魄，也批判了王朝扩张的穷兵黩武。总的来看，王昌龄的战争观是非战，是儒家的中和态度。他诗中那些歌颂战争的描写，是作为一种寄托政治理想和人生理想的意象而出现的；通过这些描写，诗人想表达的是包括自己在内的有识之士立志报效朝廷的愿望和决心，希冀明主慧眼识珠。本诗中的“少年”，可以说正是这千万有识之士中的一名代表。他年少技高，意气风发，展望未来，眼前出现的是无限美好和理想的图画。这位马上的少年并不同于“矜夸紫骝”的好战游侠；对这位少年的赞美和描写，与《塞下曲》对战争的否定和批判并不相悖。

评解

在这首诗中，作者用生动明快的笔法，摄取了秋猎场景中带有特征的自然景物和人物活动，塑造出秋猎少年英勇豪迈、轻捷敏速的形象。写打猎，诗人却没有直接表现打猎的过程，而是通过描写秋猎景色的飒爽，鹰、马的雄健和少年满载而归、平原驰骋的英姿，来侧面刻画他所赞美的少年形象。通过对这位技艺高超的少年的侧面赞美，表达了作者本人内心的豪情和对自身才能有所用的期盼。

芙蓉楼送辛渐（其一）

寒雨连江夜入吴，
平明送客楚山孤。
洛阳亲友如相问，
一片冰心在玉壶。

题解

这首诗大约作于开元二十九年（741）以后。当时王昌龄为江宁丞，辛渐是他的朋友。辛渐正要北上洛阳。王昌龄可能陪他从江宁到润州（今江苏镇江），然后在此分手。芙蓉楼，原名西北楼，在润州西北，登楼可俯瞰长江，遥望江北。《芙蓉楼送辛渐》原题共两首。这一首是唐人送别诗中的上乘之作，最为人们传诵。此诗写送别而不言别，着重表现诗人的高洁品质，抒发被贬谪的怨愤之情。

芙蓉楼送辛渐（其一）诗意图　汪国新 绘

【句 解】

寒雨连江夜入吴，平明送客楚山孤

开头两句描写送别辛渐时的景色，用寒雨天气衬托诗人自己极端苦闷的心情，可谓借景抒情，情寓景中。夜晚，寒风冷雨拍打着镇江一带的长江江面。第二天天刚亮，诗人即在芙蓉楼送别将去洛阳的友人。这时风停雨住，眼前楚地一带的山岭也显出孤独的样子。

从诗中可以看出，辛渐此次行程紧促，与作者见面来去匆匆。《芙蓉楼送辛渐》（其二）云：“丹阳城南秋海阴，丹阳城北楚云深。高楼送客不能醉，寂寂寒江明月心。”叙头天晚上诗人为辛渐饯别。这首诗写早晨在江边离别，但首句则从昨夜开始写起，第二句才写眼前看到的情景。“连”字和“入”字巧妙地写出雨势的平稳连绵，而诗人因离情萦怀、愁思绵绵一夜未睡的情景，也可以想见。作者对“寒雨连江”、“楚山孤”的景物描写，不仅生动地描绘了夜间雨势之急和大，以及白天雨后青山轮廓清晰，而且“寒”、“孤”两个字还暗示了作者当时沉重、凄清、孤独的心情。“寒雨”、“孤山”既增添了萧瑟的秋意，也渲染出离别的黯淡气氛。寒意弥漫在满江烟雨之中，也笼罩在两个离人的心头。有人认为，“夜”字也有影射诗人所处时代政治黑暗的用意。

明陆时雍《唐诗镜》说此诗时认为：“‘孤’字自作一语，后二句别有深情。”孤傲的楚山，正是诗人孤苦飘零身世的象征。辛渐即将登舟北归，诗人遥望远山，想到友人即将隐没在楚山之外，孤寂之感油然而生。那孤峙的楚山、浩荡的江水，都牵引起他无尽的离愁。情之所至，自然而然说出了后面两句叮咛之辞。王国维《人间词话》有“以我观物，故物皆着我之色彩”之说，王昌龄这首诗正是“以我观物”，融主观情绪于客观事物，极大地增加了作品的感染力。

洛阳亲友如相问，一片冰心在玉壶

临别之时，诗人对友人殷切叮咛，直接申述自己的志趣：到了洛阳，如果亲友们问到我的情况，请告诉他们，我的心就像装在洁白玉壶里的冰块一样，晶莹纯洁。作者对亲友可能的询问，并不作正面回答，而是用一个优美的比喻含蓄地寄托自己的思想感情。“一片冰心在玉壶”化用六朝刘宋时期诗人鲍照《代白头吟》“清如玉壶冰”的诗意，鲍诗以冰心玉壶来比喻高洁

清白的品格。到了唐代，开元年间的宰相姚崇作《冰壶诫》，王维、崔颢、李白等诗人也都以冰壶作为光明磊落、表里澄澈的品格的象征，以此自励。

王昌龄的送别诗，常于结尾处精心结撰，以景结情，虚实相生，从而收到意在言外之效。本诗结尾处，诗人为什么要以“冰心”、“玉壶”来自喻呢？从作者的经历中，可以窥见他此时复杂的心境。诗人在京城做官时，生活颇为安定、得意。四十多岁时突然因莫须有的罪名被贬谪到边远的岭南，后又贬为江宁丞。他受人诽谤，无故获罪，但很多亲友都不理解他。诗中这个比喻，一方面反映了作者官场失意，倦于功名仕途的凄凉心境；另一方面，又含有为自己辩解的意味。他告诉亲友们，他的心是如玉如冰般纯洁的，正直清廉，虽被贬而问心无愧。同时，作者也借此表示自己对亲友的情谊始终一片忠诚，玉洁冰清。这种复杂、曲折的含义，作者不是从正面展现，而是借用一个比喻，让读者去联想、体会。这正是此诗耐人咀嚼的地方。亲友会问什么，王昌龄不可能预先猜到，但他却要辛渐捎去自己的回答。这个回答既是对亲友说的，对眼前人说的，更是对诗人自己说的，正如近代俞陛云在《诗境浅说续编》所说，“借送友以自写胸臆，其词自潇洒可爱”。

也许有人会觉得“冰心”、“玉壶”一句出现得有些突兀：明明是一首送别友人的诗，为什么末句却一笔荡开，不写送别、思念之情，不写客居孤独之感，却要表达自己清廉自守、光明磊落的胸襟和人品呢？这样结尾，看似离开了送别的主线，其实却是诗之眼、诗之髓所在。这首诗的用意并不只是送别，而是以送别为名，以述志为实。这是王昌龄送别诗的一个特点。后面所选的《送魏二》也是此类送别诗。

评解

在唐诗中，这首诗的名气与王维的《渭城曲》相当，极为传诵。此诗情景交融，借物咏志，语言优美含蓄，感情真挚深厚，历来被人们所推崇。王昌龄的送别诗结尾，常能呈现出一个自然景物交织的艺术画面，而让情感蕴含于景中，以景结情，给人留下广阔的想像空间和回味的余地。他在自己的论诗著作《诗格》中曾经说过：“每至落句，常须含蓄，不令语尽思穷。”从审美欣赏的角度来看，含蓄的结尾符合人们的审美心理。诗的结尾，从形式上来说是一首诗的终点，而从审美的角度讲，常常也是激发人们审美想像的起点。一个蕴藉含蓄的结尾，常常能拓开新的境地，令人回味无穷。

王昌龄又曾道：“诗本志也，在心为志，发言为诗。情动于中，而形于言，然后书之于纸也。”他的这种诗歌主张，与中国诗歌史的“诗言志”传统是一脉相承的。他的送别诗就是上述理论的具体表现。诗人借这首送别之作，向友人倾吐壮志难酬的心事和怀才不遇的悲愤。当代诗人绿原曾将此诗翻译成白话：“雨是冷的，江是湿的，夜是黑的/我送你，送你过江南——/别了，别了，天已明，望那边/孤零零一片楚关山。　到洛阳，什么也别说，别说了/——如果亲友们觉得遗憾/那么，一句话：一盏玉壶一颗心/它们都是透明的，冰一般。”

听流人水调子

孤舟微月对枫林，
分付鸣筝与客心。
岭色千重万重雨，
断弦收与泪痕深。

题解

流人，指因罪被流放的人。水调子，即《水调》，唐乐府曲名。《乐府诗集》卷七十九《近代曲辞》有《水调》。本诗可能是诗人于天宝七载（748）年底或翌年赴龙标贬所途中，行至大庾岭时听筝乐而作。

听流人水调子 诗意图 徐震时 绘

【句 解】

孤舟微月对枫林，分付鸣筝与客心

首句出现了三个并列的意向：“孤舟”、“微月”与“枫林”。元人马致远的《越调天净沙》中也用了类似的手法。不过王昌龄并不是将这三个典型的秋江晚景简单地、孤立地排列在一起，而是通过一个“对”字将其联结，使三个看似不相关联的静态意向产生联系。“枫”，《万首唐人绝句》作“风”。月光与水光交相辉映，更惹出客子的愁情，意境极其凄冷。在王昌龄的送别诗中，出现月亮这个意象的有十五首之多。这些作品大致分为两类，一类取月亮的清冷意象，如本诗，以及《送魏二》、《芙蓉楼送辛渐》；一类则取月亮的明朗意象，如《送柴侍御》。

“分付”，有发付、安置之意。“分付”一句，说明弹筝人是借鸣筝以排遣旅怀。“与”字与 “分付”用字灵活，既含有演奏的动作，又说出了鸣筝之情，“分付”双声而“鸣筝”叠韵，也使诗句琅琅上口，富于乐感。明人钟惺评：“‘分付’字与‘与’字说出鸣筝之情，却解不出。”（《唐诗归》）诗人与这位弹筝的流人通过乐曲而相识，哀伤的情感互枨融合。至于具体是一种什么样的感情，作者没有表露出来。正如钟惺所说，王昌龄的七绝妙处往往就在于“全不说出”，意在言外。

岭色千重万重雨，断弦收与泪痕深

“岭”，指大庾岭，古时五岭之一，又被称为台岭、寒岭、东峤等，在今江西、广东两省边境，向为岭南、岭北的交通咽喉。相传汉武帝时有庾姓将军筑城于此，因名大庾岭，又称庾岭。唐时张九龄监督开凿新路，命道旁多植梅树，故又名梅岭。

后两句诗“格高句老”（《唐诗镜》），“光景静妙”（明《唐诗归》）。“千重万重”这种看似口语化的描写，也传达出了作者的沉闷、凄切之感，蕴含着“流人”及作者的万千愁绪。弹到激越处，筝弦突然断绝；而听筝的诗人触动愁怀，仍然泪落不已。南唐后主李煜词云：“问君能有几多愁，恰似一江春水向东流。”后主以江水量愁，王昌龄则以泪痕收雨，都以力透纸背的写法，表达作者内心的愁思。俞陛云《诗境浅说续编》中认为后两句讲到断肠人心中深切的悲伤，不啻于将“千重万重雨”一一收在了深深的泪痕中。

评 解

王昌龄的七绝很注意起承转合的结构。本诗通过描写听筝情景，渐渐描绘勾勒出自己的内心情感。经过前三句的铺垫，末句虽未直接写出离愁别绪，而诗人的身世飘零之感已尽在不言中。诗人运用句法、字法巧妙脱俗，没有直写流泪，没有直述哀伤，仅仅在诗末尾提到深深的泪痕，便使诗歌的意味涵泳不尽。如果直说听到流人弹筝而泪如雨下，意境不免浅了许多。《唐诗选脉会通评林》对这首诗的评价言简意赅，只用了“深沉”二字，可谓一语中的。

送柴侍御

流水通波接武冈，
送君不觉有离伤。
青山一道同云雨，
明月何曾是两乡。

题解

柴侍御，名字里贯不详。本诗为诗人晚年贬任龙标尉时所作。虽然仕途坎坷，但诗人交游也因此日趋广泛，写下了为数众多的送别诗。本诗用一种乐观的笔调，对友人加以劝慰，寄托对友人的思念，表达对友人的关怀和对友谊的珍重。

送柴侍御 诗意图　于守义 绘

【句 解】

流水通波接武冈，送君不觉有离伤

“武冈”，唐代邵州邵阳郡属县，今属湖南。武冈与王昌龄的贬所龙标相近。首句《万首唐人绝句》作“沅水通流接武冈”。自古以来友人离别题材的作品中，感伤都是不可避免的。而诗人在送别友人的时候，却没有表现出常见的戚戚哀哀，也没有表达对友人的挽留惜别之意，而是直接道出“送君不觉有离伤”。送你（柴侍御）离去，我并不会感到离别的哀伤——这会让很多读者疑惑：难道诗人对于这位友人离去并不在意吗？这栏的留白，让读者产生疑惑，禁不住要继续向下文寻求解答。

青山一道同云雨，明月何曾是两乡

读者的疑问在后两句中得到了解答：正因为“流水”、“通波”可与“武冈”相“接”，使诗人有身处两地而若比邻之感，所以才有“送君不觉有离伤”之说。后两句借助丰富的想像，化远为近，化“两乡”为“一乡”，蕴含了人分两地、情同一心的深厚情谊。其实，诗人未必没有离伤 ，但为了宽慰友人，他将“离伤”强压心底，而用乐观的语言减轻对方的离愁。他向友人承诺，虽然身处两地，但两人分享一条流水、一道青山，同云雨，共明月，如同身处一乡。长别成了短暂的来去，千里之遥的蛮荒之地变得近在咫尺，离别变得潇洒和轻松。这两句诗语言平易而思想深邃，传达了乐观强于悲伤、激情高于别情的情怀，无疑给远行者以极大的鼓舞。这种力量也是诗人对自己的勉励。比起王勃的“海内存知己，天涯若比邻”，王昌龄的劝慰显得更深刻，更有说服力。

评 解

南朝钟嵘《诗品序》中说“离群托诗以怨”，送别诗的常规写法是以叙述离情别恨为主，“相见时难别亦难”的离别描写在唐代诗歌中很普遍。而王昌龄这首诗则打破常规，做到了平中见奇，超凡脱俗：既表达了与离人的拳拳之心，更传达了作者内心深处的乐观情怀。诗人送别柴侍御，既没有写饯别时的歌舞盛宴，也不写分手时的难舍离情，化惆怅为豪壮，突破一般送别诗的窠臼，在旧题材下开拓出了新意境。这种开朗通达的情调，不仅在唐

诗中不可多得，而且在整个中国古代文学史上也属罕见，弥足珍贵。

南宋严羽在《沧浪诗话·诗评》说："唐人好诗，多是征戍、迁谪、行旅、离别之作，往往能感动激发人意。"这句话在王昌龄的送别诗中能得到最好的印证。他的送别诗内涵丰富、思想深邃，在艺术上更是匠心独运，别树一帜，蕴含着无限的魅力。

送魏二

醉别江楼橘柚香，
江风引雨入舟凉。
忆君遥在潇湘上，
愁听清猿梦里长。

题解

魏二，名字里贯不详。此诗具体写作时间不详，但从诗歌本身和相关记载可知，当是诗人被贬龙标时所作。此诗送别魏二，表现出对友人的真挚惜别之情。

送魏二 诗意图　孙文铎 绘

【句 解】

醉别江楼橘柚香，江风引雨入舟凉

由“橘柚香”三字可知，送别魏二是在一个橘柚飘香的秋日。王昌龄被贬龙标，无论是物质生活还是精神生活，都不比以往在长安时的惬意轻松。与其他时代的诗人相比，唐代诗人的一个集体特征是虽身为文人，却多有强烈的济世治国之心。与李白、杜甫等人一样，王昌龄在仕途上也很不顺利。他早年所写的边塞诗篇中多表现他本人力图建功立业、报效国家的心情。仕途失意，这种壮志当然无法实现。他在龙标应该非常抑郁，从《芙蓉楼送辛渐》等诗中不难看出他当时的心态。无论是“江风引雨入舟凉”还是“寒雨连江”，表面上看都是描写自然景观，但深一层思考就会发现，诗中所说的“寒”、“凉”不完全是因为自然界的风雨，更是因为作者心中感到的凄凉与孤独。

王昌龄的送别诗，善于用阴冷萧瑟的景物营造离别的氛围，通过丰富多彩的意象，形象地再现不同的送别场景，生动地传达种种复杂的感情和心思。第一句中说“醉”，表明作者与友人在饯别宴席上已有一番推杯换盏，觥筹交错。诗人在江边与朋友告别，虽然心中充满离别的伤感，却故作轻松。通过对“江楼”这一离别场所和空气中水果的芬芳香气的描写，将这场宴席生动地展现在读者眼前。古人云“酒逢知己千杯少”，诗人这个“醉”字即体现了与友人交情之深。当他送友人上船时，眼前秋风瑟瑟，冷雨飘洒，心情与自然景物的凄清合而为一。

忆君遥在潇湘上，愁听清猿梦里长

“潇湘上”，《全唐诗》作“潇湘月”，《文苑英华》作“湘江上”；“听”，《文苑英华》作“送”。李白送别孟浩然，写“孤帆远影碧空尽，唯见长江天际流”；岑参送别武判官，则写“山回路转不见君，雪上空留马行处”。这些描写，都是通过作者眼前见到的景物来直观地表现送别时依依不舍的情形。而这首送别诗却别出心裁，并没有对眼前的实际景物多加描写。诗人站在江边远眺，想像友人夜晚行于湘水之上，因惆怅而卧听猿啼的情景。

江上月夜，风雨如晦，友人孤舟扬帆，一派萧瑟的景象。色调的黯淡衬托出送别时主客心境的凄凉。诗人没有直接诉说离别的愁绪，而是设想朋友别后的思念。这一幕想像中的情景，其实也正是作者当时心情的流露。王昌龄贬谪至此，又逢离别，心情自是不佳，满腹委屈寄于诗中，借青山绿水等客观景物表达出来。王昌龄的离别诗善于巧妙地将自我形象融入自然景物之中，如《送任五之桂林》、《芙蓉楼送辛渐》二首等，客观事物都染上了诗人自己的情感色彩。他想像友人“愁听”猿声入梦，与李白听“两岸猿声啼不住，轻舟已过万重山”时的心情自然迥异。同样是听猿啼，因为听者心情的不同，其情感色彩就产生了很大的差别。

评解

王昌龄现存的一百八十多首诗中，离别诗占近五十首。历来研究王昌龄，重点多放在他的边塞诗和宫怨诗，而对他数量众多的离别诗则略显忽视。其实离别诗往往是诗人对友人吐露心曲的作品，对离别诗进行深入的研究探索，对了解诗人的感情世界有重要意义。

凄风苦雨，月夜扁舟，江畔猿鸣，离觞别酒，这些是王昌龄离别诗中出现最多的意象。这首诗前半部分写实景，这实景又分为两个部分，一个是江楼饯行，尽情醉饮。时当暮秋，正是橘柚成熟的季节，那芬芳而苦涩的香气传入酒楼，给离人的别情平添难耐的滋味。一个是江边送别，又值秋风秋雨，风吹凉雨进入客船，秋声秋色惹逗起无限愁绪。令人倍感凄凉。诗的后半部分乃是拟想别后的思念，也分为两部分，一个是对友人思念自己情景的想像，诗人拟想朋友离去之后，思念之情日深，行到潇湘之上，在孤独而寂寞的月夜旅途中，也一定会因思念诗人而难眠。另一个是对友人心情的想像，沿途两岸青山之间凄厉的猿声，更触动友人离情，夜长梦深，让人不禁慨叹离别的伤感。

明唐汝询《唐诗解》卷二十六说：“上联叙深秋之景，下联写相忆之情，山月照人，啼猿入梦，我劳如何？”这首简短的绝句，通过时空交替、虚实互换，加深了诗的意蕴。它借助想像拓展意境，深化了主题。前人公认这首诗在艺术构思上颇有特色。“道伊旅况愁寂而已，惜别之情自寓”（明敖英《唐诗绝句类选》），“代为之思，其情更远”（明陆时雍《诗镜总论》）。此诗跳跃性比较大，既写当前，又写未来；既写自己，又写朋友；既有实写，又有虚拟；通过这些描写，把诗人与友人之间的友情表现得异常深切。王昌龄在创造审美意象方面，确实显示出纯熟的创作功力，成就卓越。

后　记

萌动请人编辑出版一套独特的中国古典诗词赏读书籍的念头已久，没想到与五洲传播出版社的同志谈起，一拍即合。

社会上已出版的古典诗词类图书琳琅满目，这套书如何称其“独特”呢？我们的设想是：

一、每位诗人、词人独立成册。这便于选择最有代表性的诗词名家，集中介绍他们最具代表性的作品；也便于读者体会和研究每位诗词名家的风格和文采。

二、撰写人物简介。每分册前面都有一篇诗人、词人的生平介绍，其内容要比常见的“三言两语”的介绍更翔实、更丰富。不仅叙说诗人、词人的身世际遇，而且对其创作成就、艺术特色也尝试作简明的评说。孟子曰：“颂其诗，读其书，不知其人，可乎？是以论其世也。”说的是欲深入理解一个人的作品，就应该对这个人及其时代有一定了解。由于年代久远，大多诗家词人并非贵胄世家，其历史资料零散缺失，有些问题学术界尚无定论，比如李白的家世和出生地，至今仍是个谜，有多种说法。由此可见，“知人论世”并非易事。对此，我们以严谨的治学态度，尽可能吸纳目前的研究成果。

三、“三段解”方式。对书中的每篇作品，均采用题解、句解、评解的手法进行评析和赏读。古典诗词文辞精粹，含蓄内敛，善于通过各种艺术手法传达味外之旨、韵外之致。以“三段解”的方式对诗词逐题逐句地进行意译和评解，雅俗共赏，对大家深入理解诗词的思想内容和艺术风格、体味其中的文化意蕴，力图给出些许提示。

四、以画配诗词。每首诗词作品，都配以当代画家根据其意境专门绘制的国画，以期诗情画意，相得益彰。其中不乏程十发、顾炳鑫、刘旦宅、华三川、范曾、戴敦邦等名家手笔。部分画作，是画家先前发表过的；绝大多数的作品，则是邀请画家特意为本书系创作的。

有了这样的设想，下一步的关键在于能否请到合适的作者。五洲传播出版社为本书系约请作者的门槛颇高：首先须是中国古典文学研究领域的专家学者，有较深学术造诣；其次是能厚积而薄发，有深入浅出的文字表达能力。应该感谢的是，一批年富力强的学人加入了编写队伍。由于他们的辛勤劳作，才有了我们现在看到的这套《中国古典诗词精品赏读》。

李　冰

于北京